The Wishing-Chair Again

許願椅 II

許願椅失蹤了

Enid Blyton

伊妮·布萊敦／著

聞翊均／譯

許願椅失蹤了

英國最受歡迎童書女王・華德福中小學指定閱讀（許願椅2）

作　　者：伊妮・布萊敦（Enid Blyton）
譯　　者：聞翊均
封面繪製：九　子
總 編 輯：張瑩瑩
主　　編：鄭淑慧
責任編輯：謝怡文
校　　對：魏秋綢
封面設計：周家瑤
內文排版：菩薩蠻數位文化有限公司
出　　版：小樹文化有限公司

讀書共和國出版集團
社　　長：郭重興
發行人兼出版總監：曾大福
業務平臺總經理：李雪麗
業務平臺副總經理：李復民
實體通路協理：林詩富
網路暨海外通路協理：張鑫峰
特販通路協理：陳綺瑩
印務經理：黃禮賢
印務主任：李孟儒
發　　行：遠足文化事業股份有限公司
地址：231新北市新店區民權路108-2號9樓
電話：(02) 2218-1417 傳真：(02) 8667-1065
客服專線：0800-221029
電子信箱：service@bookrep.com.tw
郵撥帳號：19504465遠足文化事業股份有限公司
團體訂購另有優惠，請洽業務部：(02) 2218-1417分機1124、1135

國家圖書館出版品預行編目資料

許願椅失蹤了：英國最受歡迎童書女王・華德福中小學指定閱讀（許願椅2）/ 伊妮・布萊敦（Enid Blyton）著；聞翊均 譯. -- 初版. – 新北市：小樹文化出版；遠足文化發行, 2019.03
面；公分
譯自：The Wishing-Chair Again
ISBN 978-957-0487-06-0(平裝)
873.59　　108002249

法律顧問：華洋法律事務所 蘇文生律師
出版日期：2019年3月27日初版首刷
2019年12月9日初版3刷

線上讀者回函專用QR CODE
您的寶貴意見，將是我們進步的最大動力。

立即關注小樹文化官網
好書訊息不漏接。

★ 冒險警語 ★

許願椅即將起飛，

趕快跳上許願椅、抓緊椅子的扶手！

不然許願椅就要拍動翅膀，

飛向高高的天空中啦！

目錄

1 放假回家了！

假期開始了，茉莉和彼得剛剛回到家鄉。學校在假期第一天，就讓他們回家，真是幸運極了！他們說好，要等媽媽到車站去接他們。

兩個人用力抱緊媽媽。「媽媽！見到妳真開心。大家都還好嗎？」

「大家都很好。」媽媽說。「花園現在變得很漂亮，你們的房間都整理好了，花園後面的遊戲室正等著你們去玩遊戲，就跟以前一樣。」

兩個孩子互看了一眼。他們有一個天大的祕密，而且絕不能說出口，就算在學校裡寫信給對方時，也不能提起。他們真希望現在就能討論這個祕密！

「我們等一下可以直接去遊戲室嗎？」彼得在回家的路上問。

「噢，親愛的，那可不行。」媽媽說。「你們兩個都要先上樓洗個澡，然後幫我一起整理你們的行李。這次放假，你們還有很多時間可以待在遊戲室裡。」

孩子們的祕密就在遊戲室裡，他們實在太想去看看他們的祕密了。

上樓洗完澡之後，他們回到樓下享用下午茶。「幫妳整理好行李，就可以去遊戲室嗎？」彼得問。

媽媽笑了起來。「好啦，我可以自己整理行李，你們就去遊戲室吧。我猜，你們想去看看我有沒有把你們的東西拿走。我當然沒有拿走你們的東西，除非事先問過，否則我絕對不會亂拿你們的東西。」

用完下午茶之後，彼得小聲和茉莉討論起來。

「茉莉！妳覺得奇奇會不會在遊戲室等我們了呢？他會不會記得帶許願椅過來？」

「希望他和許願椅都在那裡等我們。」茉莉說。「喔，彼得，整個學期都要保守這個祕密實在太糟糕了，我一個字都不敢對其他人說。」

「但是這個祕密那麼棒，值得我們保密。」彼得說。「茉莉，還記得我們第一次遇到許願椅是什麼時候嗎？」

「我記得。」茉莉說。「我們跑進了一間賣古董的小店，幫媽媽買生日禮物，然後我們看到好多被施了魔法的東西。我們嚇壞了，一起擠進了一張老舊的椅子上……」

「然後我們許願說：『希望可以安全的待在家裡。』」彼得說。「接著，說變就變！許願椅的椅腳上長出了紅色的小翅膀，載我們從窗戶飛了出去，回到遊戲室！」

「沒錯。而且當時，我們命令許願椅回那間店裡，它卻不回去。」茉莉說。「所以我們就把它留下來了。現在，它是我們的許願椅了。」

「妳還記得嗎？我們再次坐到許願椅上的時候，它載著我們飛到一座城堡，城堡裡的巨人把一個名叫奇奇的小僕人關了起來。」彼得說。「我們拯救了奇奇，和他一起坐著許願椅回家。」

「那次的冒險真是棒透了。」茉莉說。「從此之後，奇奇就住在遊戲室裡，幫我們看守許願椅……」

「只要許願椅長出翅膀，奇奇就會告訴我們，這麼一來，我們就可以趁許願椅長出翅膀時坐上去，讓它載我們去冒險。」彼得說。「後來，我們必須去上學，只好把許願椅留在這裡。」

「其實這沒什麼關係呀！因為奇奇把許願椅帶回去他媽媽家了，他回去和媽媽一起住，幫我們照顧許願椅。」茉莉說。

「他說，只要我們放假回家，就會立刻帶許願椅回來這裡，我們就可以再次一起去冒險了。」彼得說。「要是媽媽知道我們為什麼想去遊戲室，她一定會嚇一跳——我們要去遊戲室看看奇奇來了沒有、看看親愛的許願椅。」

彼得找出了遊戲室的鑰匙。「茉莉，走吧！去看看我們的玩具。」

「還有許願椅，」茉莉悄悄說，「以及奇奇。」

他們衝下樓、跑進花園裡。現在是七月底，花園裡開滿了花，能夠回家真是太讓人開心了！不再有連續八個星期的課，也不用寫作業。

他們一路跑到遊戲室。遊戲室位於花園的後方，是一間通風良好的寬闊小屋。彼得把鑰匙插進鎖孔裡。「奇奇！」他大喊。「你在裡面嗎？」

他打開了門鎖，兩個孩子立刻走進遊戲室裡找了一圈。遊戲室看起來很討人喜歡，地板上鋪著一張大大的地毯，擺著好多個裝滿書和玩具的櫃子，茉莉的舊洋娃娃都放在嬰兒床裡，角落還有一個很大的洋娃娃屋。但是，他們沒有看到許願椅和妖精奇奇，兩個孩子失望的盯著遊戲室。

「他不在這裡。」彼得說。「他明明說過今天會把許願椅帶過來的。

我把日期告訴他了，他也寫進筆記本裡了。」

「希望他不是生病了。」茉莉說。

他們在遊戲室裡又找了一圈，接著把音樂盒拿出來，開始撥放音樂，並且打開了窗戶。

兩個孩子覺得很失望。他們真的很期待能和奇奇見面，也很期待能再次坐上許願椅。這時，一張小小的臉蛋出現在門口。

茉莉驚叫一聲。「奇奇，你來了！我們好擔心你哦！我們本來以為你會在遊戲室裡。」

兩個孩子分別給小妖精一個擁抱。奇奇笑著說：「你們兩個小傻瓜，門鎖起來了、窗戶也緊緊關上了，我哪有辦法進到遊戲室裡等你們呀？我是個妖精沒錯，但是我可不知道要怎麼穿越上了鎖的門。我也很想念你們，你們在學校裡是不是很無聊呢？」

「喔，不無聊。」彼得說。「寄宿學校很棒，我們都好愛那裡，但是我們也很高興能夠回家。」

「奇奇，許願椅在哪裡呀？」茉莉緊張的問。「許願椅還好吧？你有把它帶來嗎？」

「嗯，我今天早上就把許願椅帶來了。」奇奇說。「我發現遊戲室的門鎖起來了，根本進不來，只好把許願椅藏在花園後面的樹叢裡。你們一定想不到，好多人都差點發現許願椅呢！」

「但是，從來沒有人會跑到花園後面來呀！」彼得說。

「喔，那可不一定！」奇奇說。「一開始，你們家的園丁決定今天修剪樹叢，我只好辛辛苦苦的把許願椅從這個樹叢拖到另

一個樹叢；接著，又有一位老吉普賽女人跑來這裡，差點就被她看到許願椅了，還好我馬上學狗吠叫了幾聲，她就跑走啦。」

兩個孩子哈哈大笑。「可憐的奇奇！你一定很高興我們終於打開遊戲室的門鎖了。」

「走吧，我們去搬許願椅！」彼得說。「我好想再坐一次許願椅喔。奇奇，我們把許願椅交給你之後，它有長出翅膀嗎？」

「一次都沒有。」奇奇說。「很奇妙，對吧？它一直乖乖的擺在我媽媽的廚房裡，就像其他平凡的椅子，連一隻紅色的翅膀都沒有長出來過！我覺得許願椅是在等你們回來。」

「希望如此。這麼一來，這次的假期，它很可能會更頻繁的長出翅膀，」彼得說，「我們就可以有很多次冒險了！」

他們一起走向樹叢。「在這裡！」茉莉興奮的說。「我看到一隻椅腳露出來了。」

他們一起把許願椅拉出來。「它一點也沒變！」彼得愉快的說。「奇奇，你把許願椅保養得真好。它被擦拭得閃閃發光呢。」

「啊，是我媽媽的功勞。」奇奇說。「她說這張椅子太漂亮了，應該要好好保養，她每天都一直擦、一直擦、一直擦，許願椅都發出抱怨的呻吟聲了！」

彼得把許願椅搬回遊戲室。奇奇走在最前面，確保沒有人看到他們在做什麼。他們可不希望有人跑來問：「為什麼要把椅子藏在樹叢裡。」

他們把椅子放回遊戲室裡的老位置，接著全都一起爬到許願椅上。

「許願椅一點都沒變。」彼得說。「座位好像變得比較擠，不過這是因為茉莉和我在上學期間長大了。但你都沒有長大耶，奇奇。」

「沒錯，我不會再長大了。」奇奇說。「你要不要許願看看，讓許願椅現在就長出翅膀來，載我們飛去別的地方呢？」

「喔，我要！」茉莉說。「許願椅，請長出翅膀吧！就當作是讓我們開心一下嘛！就算只是載著我們飛到空中，然後馬上回來也好。」

但是許願椅沒有長出翅膀。孩子們緊張的向下看，希望椅腳能露出紅色的小肉芽，接著長成翅膀，但什麼都沒有出現。

「沒有用。」奇奇說。「許願椅不會因為我們的要求就長出翅膀。你們知道的，它有時候很固執。不過許願椅已經好久沒有長過翅膀了，希望它沒有忘記怎麼長翅膀。我可不希望它的魔法就這麼消失不見。」

這個想法真是太可怕了。孩子們輕拍著許願椅的扶手。「親愛的許願椅！你應該沒有忘記怎麼長出翅膀吧？對不對？」

許願椅發出一陣又長又響亮的吱嘎聲。大家都笑了。「沒問題的！」奇奇說。「它這是在告訴我們，它沒有忘記。畢竟它唯一會說的話就是『吱嘎』。」

媽媽走進花園了。「孩子們！爸爸回家了，他想要見見你們。」

「來了！」彼得大喊。他看向奇奇。「明天見了，奇奇。你可以和以前一樣睡在舊沙發上，晚上你可以把毯子拿來蓋、把靠枕拿來躺。你會像以前一樣住在遊戲室，對嗎？然後在許願椅長出翅膀的時候跑來告訴我們？」

「那當然。我很高興能回來這裡住。」奇奇說。

兩個孩子一起跑回房子裡。這天晚上，他們把這學期遇到的事都告訴了爸爸、媽媽，家裡的氣氛相當愉快。接著，茉莉和彼得便上床睡覺了，他們很高興能再次回到他們親愛的小房間。

但是進入夢鄉不久，彼得就夢到自己變成了一隻老鼠，被一隻狗叼著，搖過來又晃過去。這場夢真是太可怕了，當他醒來的時候，整個人跳了起來。

原來是奇奇在搖晃他的手臂。「快起來！」妖精輕聲說。「許願椅長出翅膀了。這次的翅膀又大又強壯，還拍動個不停。想要冒險的話，就趕快走吧！」

太棒了！這真是個好消息！彼得叫醒茉莉，兩個人迅速穿好衣服、跑向樓下的花園。他們在靠近遊戲室的時候聽到了響亮的拍翅膀聲。「是許願椅在拍動翅膀。」奇奇喘著氣說。「快點，我們要在許願椅飛走之前坐上去！」

2 新的冒險之旅

兩個孩子一路跑進遊戲室、衝到許願椅前。月光明亮，他們一眼就看見許願椅快要起飛了，三個人立刻跳上許願椅。奇奇擠進兩個孩子中間，坐到椅背上。

「親愛的許願椅！」彼得說。「你這麼快就長出翅膀啦！我們要去哪裡呢？」

「你們想要去哪裡呢？」奇奇說。「許個願吧，我們一起去你們想去的地方。」

「這個嘛，讓我想想。喔，天啊，我想不到任何地方。」茱莉說。

「彼得，你來許願，快點！」

「呃……許願椅，帶我們去、去……噢，天知道要去哪！」彼得大喊。「我真的不知道……」

但是，哎呀，許願椅竟然飛起來了！它用力拍動翅膀、升了起來、往門口飛了出去。接著，它在月光下拍動紅色的翅膀、飛到天空中。

奇奇笑了起來。「喔，彼得，你剛剛說：『帶我們去天知道要去哪！』」妖精說，「我們正往那裡前進呢！」

「什麼！真的有『天知道要去哪』這個地方嗎？」彼得驚訝的說。

「沒錯。還記得嗎？我們去淘氣鬼國度那次，天知道要去哪的王子曾經來找過我。」奇奇說。「那時候，我假裝自己是國王。嗯，我覺得我們現在就是要去拜訪那位王子居住的國家。」

「『天知道要去哪』在哪裡呢？」茉莉說。

「天知道！」奇奇說。「至少我不知道。我認識的人裡面，沒有半個人知道『天知道要去哪』在哪裡。」

「許願椅好像知道。」彼得說。椅子越飛越高、越飛越高。

但是，事實上就連許願椅也不知道「天知道要去哪」在哪裡。過了一段時間，它往下，朝著一座小村莊降落。彼得靠著許願椅，興致勃勃的向下看。「你們看那座橋。」他說。「嘿，許願椅，你在做什麼啊？」

許願椅沒有降落在村莊裡，而是在奇怪的小房子上方飛了一陣子之後，又突然升到空中。

許願椅繼續往前飛，接著飛到一大片水面之上，是海嗎？還是湖呢？孩子們也不知道。「你們看，海上有條可愛的銀色月光步道呢！」茉莉從椅子的邊緣向下看。「我敢說，沿著月光步道走，一定會走到月亮上！」

許願椅好像也是這麼想的。它向下飛到水面上，沿著月光步道穩穩的往前飛，不斷向上飛、向上飛、向上飛。

「喂！這可不是通往『天知道要去哪』的方向！」奇奇警戒的說。「這是通往月亮的方向。許願椅，別做傻事！」

聽了奇奇的話之後，許願椅好像改變主意了，它停了下來，在半空中左搖右晃。它離開了月光步道，這讓孩子們鬆了一口氣，但接著，許願椅又飛到了一座小島上。這座小島圓滾滾的，十分平坦，正中間長著一棵大樹。樹下有一艘船，船裡有個人在睡覺。

「喔，那是我的表親，他叫做『自己睡』。」奇奇訝異的說。「他是個有趣的傢伙，你們知道嗎？只要附近有人，他就沒辦法睡覺。所以他有一艘船和一架飛機，每天晚上，他都會搭船或者搭飛機，跑到荒涼的地方去睡覺。自己睡，你好啊！」

兩個孩子被奇奇大聲的喊叫嚇得震了一下。許願椅也震了一下，差點把茉莉震得掉下去了。她緊緊抓住扶手。

船上的小個子醒了過來。他看起來不太像妖精，反而比較像棕精靈。他留著好長好長的鬍子，還把鬍子繞在脖子上，就像一條圍巾。許願椅飛到島上、降落在他的身旁，他驚訝的皺起眉頭、瞪著奇奇。

「這是做什麼？大半夜跑到這裡來對我大喊大叫！難道我不能自己睡嗎？」

「你每天都自己睡啊！」奇奇說。「別生氣嘛。看到我們，你不覺得很驚喜嗎？」

「一點也不。」自己睡說。「你每次都在我『不想要有人陪伴』的時候出現。走開！我快感冒了，心情很憂鬱。」

「所以，你才把鬍子圍在脖子上嗎？用來保暖？」茉莉問。「你的鬍子解開之後有多長呀？」

「我不知道。」自己睡回答。他似乎不是很友善。「現在是大半夜，你們要去哪裡？你們是不是瘋了？」

「我們要去『天知道要去哪』，」奇奇說，「但是許願椅似乎不知道怎麼過去。你知道怎麼去嗎？」

「天知道怎麼去。」自己睡說完後，把脖子上的鬍鬚圍得更緊了。

「你最好去問她。」

兩個孩子和奇奇疑惑的看著自己睡。「問誰？」奇奇說。

「當然是問『天』啊。」自己睡再次躺回船裡。

「喔——所以說，『天』是某個人的名字囉？」茉莉突然靈機一動。

「真是笨。」自己睡說。「同樣的事情是不是得講很多遍，你們才聽得懂？好了，晚安，要是你們想打擾其他人，大可以去找『天』。」

「她住在哪裡呢？」奇奇朝自己睡的耳朵大吼，他很擔心自己睡會馬上睡著，來不及告訴他們這個問題的答案。

不過自己睡已經忍無可忍了。他生氣的大叫一聲，伸手抓起一支船槳。奇奇還來不及逃走，就被自己睡用船槳大力敲了一下，奇奇用最大的音量放聲大叫。接著，自己睡轉身面向兩個孩子，用令人害怕的態度揮舞著手上的船槳。

彼得把茉莉拉上許願椅，又伸出手把奇奇也扯到椅子上，大喊：「許願椅，去找『天』，不管『天』在哪裡，我們現在就去找她！」許願椅立刻上升到空中，幾乎把奇奇甩下椅子，幸好兩個孩子及時把他拉了上來。

自己睡在他們後面大聲咆哮：「我現在清醒得不能再清醒了，我今天晚上都別想睡了。奇奇，你給我等著，下次看到你，我就要用飛機把你載到垃圾國去，把你丟進最大的垃圾桶裡！」

「你的表親對你不太親切呢？」茉莉說。這時，他們距離自己睡已經很遠了。「希望我們再也不會見到他。」

「我很好奇，『天』到底是誰呢？」彼得說。

「我從來沒有聽說過這個人。」奇奇說。「但是許願椅似乎知道要往哪裡走了，所以，我想它應該知道『天』在哪裡！」

許願椅穩穩的往東方飛去，將剛剛那一片水面拋在後頭，飛到了在月光下閃閃發光的陸地。孩子們隱隱約約看到陸地上有幾座高塔和尖頂，但因為他們飛得太高了，所以看得不是很清楚。

這時，許願椅突然開始向下飛，往一座小屋的方向降落。這棟小屋的三根煙囱都在冒煙，這些煙都是綠色的，孩子們一看到綠色的煙，就知道住在這棟屋子裡的人是位女巫。

「我說啊，那是女巫的煙呢。」彼得緊張的說。在過去幾次冒險中，他認識了不少女巫，對女巫還算了解。

「希望這一次，許願椅帶我們來的是正確的地方。」茉莉說。許願椅緩緩降落在小屋門前的步道上。

他們從許願椅上跳下來、把椅子拉到旁邊的樹下，接著敲響了小屋的前門。一位矮小的老女人打開了門，她看起來很平凡，因此孩子們很確定她一定不是女巫。

「妳好，請問『天』住在這裡嗎？」奇奇禮貌的問。

「不算是。不過我有一本書叫做《天知道的好事》。」老女人說。

「你們要進來尋求這本書的建議嗎？」

「這個嘛，我們其實比較想知道要怎麼去『天知道要去哪』。」奇奇說。「我們聽說只有『天』知道這個地方在哪裡！」

「啊，這樣啊！看來你們一定要問問我這本《天知道的好事》了。」老女人說。「你們稍等一下，讓我整理整理。」

老女人帶他們進到一間小廚房裡，接著就消失了。再次回來的時候，她看起來完全不一樣了，頭上戴著一頂高高的尖帽子，正是其他好心女巫與巫師會戴的那種，身上還穿著一件不斷飄動的長斗篷，彷彿在斗篷下面放了一陣風。她看起來不再是平凡又矮小的老女人了，她現在完完全全就是一位女巫，但是她的雙眼帶笑，看起來很親切。

她從書櫃中抽出一本非常大的書。書裡面滿是用微小字跡寫下的無數名字。「你們的名字是？」她問。「告訴這本書你們想要什麼之前，我要先在《天知道的好事》裡面找到你們的名字。」

他們一一說出了自己的名字，女巫用手指滑過一欄一欄的表格。

「啊……彼得，上學期花了一整個星期幫一個男孩做功課、記得媽媽的生日、在做錯事時勇敢認錯……哇，這上面記載了好多好事呢；茉莉也是，為了陪伴生病的朋友放棄半天假、知道自己做的某件事會惹上麻煩後還是說出了真相……她的好事清單也很長哦。」

「輪到我了。」奇奇說。「前陣子，我跟媽媽住在一起。我一直都對她很好。」

老女人再次用手指滑過表格，接著點點頭。「沒錯！幫媽媽買東西時從不抱怨、每天都幫媽媽把早餐送到床上、從來沒有忘記餵狗……沒錯，奇奇，你也很棒喔。」

「接下來呢？」彼得說。女巫拿著她的《天知道的好事》，走到廚房中間，那裡的地板上有一個奇怪的洞穴。突然之間，洞穴開始發光，就好像裡面蓄滿了閃亮的水。女巫用手捧著書、放在洞穴上，書中滑出了一道不斷閃爍的細小亮光。「這是你們做的好事，它們會跑進魔法池裡。」她說。「現在，你們可以詢問你們想知道的事了。」

奇奇用顫抖的聲音問：「我們想知道『天知道要去哪』在哪裡。」

然後，哎唷喂呀，一件非常離奇的事情發生了！閃爍的水面上浮現了一張亮晶晶的地圖，地圖中間寫著「天知道要去哪」。兩個孩子和奇奇急忙貼近水面，想要看清楚他們該怎麼過去。

「快看！我們只要往太陽升起的正東方飛過去……」奇奇剛開口說出這句話就停住了。所有人都聽到外面傳來一陣特別的聲音——一陣響亮的吱嘎聲。

「許願椅在叫我們！」奇奇大叫一聲，衝向門口。「喔，你們看，它飛走了！有人坐在許願椅上，他把許願椅偷走了！該怎麼辦？」

3 許願椅失蹤了！

「到底是誰帶走了許願椅？」彼得絕望的喊著。「我們回不了家了。許願椅，快回來！」

但是，許願椅已經聽從另一個人的命令，沒辦法遵從彼得的話了。它越飛越高、越飛越高，很快就變成了月光下的一個小黑點。三個人站在原地看著彼此，覺得非常難過。

「這只是我們的第一場冒險，許願椅就不見了。」茉莉用虛弱的聲音說。「真是太糟糕了。我們的假期才剛剛開始呢。」

「妳知道是誰拿走了我們的許願椅嗎？」奇奇詢問女巫。女巫手上拿著一把精緻的刷子，正忙著把地板洞穴中的水面刷得平滑光亮。剛剛還在閃閃發光的地圖消失了，現在，水面上沒有任何反射的影像或圖案。孩子們想知道水面上接下來會出現什麼畫面。

女巫搖搖頭。「不，我也不知道。」她說。「我剛剛在屋子裡跟你們說話，沒有注意聽外面有沒有其他人。各式各樣的人都會跑來問我問題，你懂的，就和你們一樣，他們都想看看魔法池裡會出現什麼東西，而有些人很古怪。我猜，拿走椅子的，可能是這些人當中的一個，他看到你們的椅子時，就知道那是許願椅，所以馬上坐椅子飛走了。對他來說，這張許願椅一定是很有價值的東西。」

「這真是太不幸了。」茉莉流著眼淚說。「這是放假後，第一個冒險之夜。我們要怎麼回家呀？」

「你們可以考慮搭破曉公車回去。」女巫說。「再過幾分鐘，公車就會到這裡了。只要東方的天空變成銀色，公車就會轟隆隆的開過來。你們聽，我聽到公車的聲音了。」

三個人一邊猜想著什麼人會搭乘破曉公車，一邊走到屋外去等。公車來的時候發出轟隆隆的聲音，看起來不像真的公車，反而像玩具車。上面塞滿了各式各樣的矮小乘客！留著長鬍鬚的棕精靈靠在彼此身上熟睡、兩個小小的小仙子環抱著彼此睡著了、一名巫師正點著頭睡覺，他的尖帽子越來越歪、越來越歪，還有三個哥布靈一起打著好大的呵欠，他們的嘴巴張得大大的，都快要占滿他們淘氣的臉蛋了！

「公車滿了。」茉莉沮喪的說。

「那就和駕駛一起坐在最前面吧。」女巫說。「快上車，不然就來不及了！」

因此，茉莉、彼得和奇奇一起擠到公車前面的駕駛座旁。駕駛是一位棕精靈，他把自己的鬍子繞著腰，綁了一圈，接著在背後打了一個蝴蝶結。看起來怪異極了。

「還有很多空間啦。」他一邊說，一邊向裡面移動一大段距離，甚至摸不到公車的方向盤了。「你來開。」他對奇奇說。奇奇非常開心的握住了方向盤。

但是，哎唷喂呀，奇奇一點也不擅長開公車！他差點撞上一棵樹，還突然來了一個大轉彎，接著輾過了一個巨大的泥坑，害公車上的每個人從頭到腳都被噴溼了。接著，他開進了一個坑洞裡，又在開出坑洞時把油門踩到底。

這個時候，所有乘客都醒了，每個人都在生氣的大喊大叫。「別讓他開車了！他瘋了！快叫警察！」

公車司機聽到乘客大叫的聲音氣極了。他用力擠回方向盤前面，把奇奇擠出公車、掉到了路上。奇奇爬起來，追著公車一邊跑一邊大喊。

但是公車司機不願意停車。無論茉莉和彼得怎麼哀求，公車仍然全速前進。

「我不知道要怎麼倒車。」棕精靈司機嚴肅的說。「我一直想要學會怎麼倒車，但我總是沒有時間，真是討厭。不過也沒關係啦，我幾乎沒有想過要倒車的時候。」

「好吧，要是你不會倒車，你可以停下來啊。」彼得大喊。但是棕精靈聽了他的話之後，一臉驚恐。

「什麼！在抵達停靠站之前停車？你一定是瘋了。不行、不行，我的座右銘就是『全速前進』。我必須盡快把這些疲倦的乘客都送回家。」

「他們為什麼這麼疲倦呢？」茉莉問。她發現巫師又開始點頭了。

「這個嘛，因為他們剛剛都去參加月光舞會了。」司機說。「那場舞會很棒哦，我也去參加了。上一次舞會結束後，我實在太累了，居然在駕駛公車回家的路上睡著了。醒來時，我發現自己身在睡夢國，汽油全都用光啦。」

這段經歷真是太奇特了。茉莉和彼得緊張的盯著他，希望他這次不要睡著了。但是茉莉幾乎睜不開眼睛了，而且，她也好擔心奇奇，他能不能找到方法平安回到遊戲室呢？還有，天啊，他們要怎麼找回許願椅呢？

她一邊想著，一邊墜入了夢鄉，彼得也睡著了。司機看著他們，咕噥了一聲，也跟著睡著了。因此，公車這次也直直的開向了睡夢國。

彼得和茉莉醒來的時候，他們已經不在公車上了，而是在自己的床上！茉莉慢慢回憶起前一天發生的事情。這是真的嗎？或者只是一場夢呢？她覺得自己最好去問問彼得。

她跑進彼得的房間裡。彼得正坐在床上揉眼睛。「我知道妳想問什麼。」他說。「我正打算問妳同樣的問題呢！那是夢嗎？我們是怎麼回到床上的？」

「一定是公車又開到睡夢國去了。」茉莉說。「但是，我們是怎麼回到這裡的？我還穿著外出服呢，你看！」

「我也是。」彼得震驚的說。「好吧，看來這一切都是真的了。喔，我的天，妳覺得奇奇回來了沒？」

「我們要不要下去看看？」茉莉說。

但就在這時，早餐鈴響了。他們刷牙、整理頭髮、把身上皺巴巴的衣服洗乾淨，接著到樓下去。

用過早餐後，他們跑到花園後面的遊戲室裡。

奇奇在遊戲室裡！他躺在沙發上，睡得很熟。

「奇奇，快起床！」茉莉大喊。

奇奇動也不動。茉莉用力搖了搖他。

「媽，不要吵我。」奇奇翻個身，含糊的說。「讓我繼續睡。」

「奇奇！你現在不在家裡啦，你在這裡。」彼得又搖了搖奇奇。

奇奇往另一邊翻身，接著就從沙發上掉了下來！他立刻嚇醒了，緊張的大喊一聲、張開雙眼坐了起來。

「我說啊，是不是你們把我推下沙發？」他說。「你們不該做這種事的。」

「不是我們。是你自己滾下沙發的。」茉莉笑著說。「奇奇，你昨天晚上是怎麼回來的？」

「我一路走回來的，所以早上才會這麼累。」奇奇說完後，眼睛又慢慢慢閉起來。「我覺得，你們昨晚應該讓公車停下來、繞回去載我。」

「司機不願意停車。」彼得解釋。「他真是愚蠢極了，真的。我們都很難過你被丟下了。」

「奇奇，重點是，我們要怎麼弄清楚許願椅跑去哪裡了呢？」彼得認真的說。「假期才剛開始，你懂的，要是我們不能把許願椅找回來，這個假期一定會無聊透頂。」

「我現在太睏了，沒辦法思考。」奇奇說完後又睡著了。茉莉不耐煩的搖了搖奇奇。

「奇奇，快起來。我們真的很擔心許願椅。」

但是奇奇這次沒有醒來，他睡得實在太熟了，就連茉莉搔癢他的腋下，也無法叫醒他。

兩個孩子失望極了。直到吃飯之前，他們都待在遊戲室裡，但是奇奇一直沒有醒來。他們回到屋子裡吃飯，吃完後又跑回來看奇奇醒了沒。他還是沒醒！

就在這個時候，門口傳來了輕柔的敲門聲，一個微弱的聲音喊著：「奇奇，你在嗎？」

彼得打開門。門外站著一隻小精靈，他看起來有些緊張，手上拿著一張傳單。

「喔，很抱歉，」他說，「我不知道你在。我想要找奇奇。」

「他睡得太熟了，我們都叫不醒他。」彼得說。「需要幫你轉達什麼事嗎？」

「是的。麻煩你告訴他，我看到傳單了。」小精靈把手上的傳單拿給兩個孩子看。那是一張小卡，上面印著奇奇的字跡：

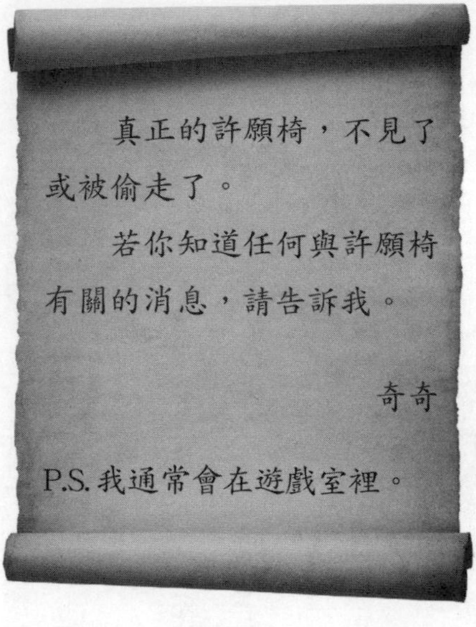

真正的許願椅，不見了或被偷走了。

若你知道任何與許願椅有關的消息，請告訴我。

奇奇

P.S. 我通常會在遊戲室裡。

「還有什麼需要我們轉告的嗎？」彼得問。

「這個嘛，你們可以告訴他，我應該知道許願椅在哪裡。」小精靈害羞的說。

「真的嗎？」兩個孩子齊聲大叫。「快告訴我們，那是我們的許願椅！」

「在不遠的地方有一間棕精靈開的店，最近正在舉行家具拍賣，」精靈說，「我看到他拍賣了六張舊椅子。可是據我所知，他只有五張椅子。所以，第六張椅子是哪裡來的呢？你們看，我這裡有椅子的圖片。」

兩個孩子仔細看了看圖片。彼得開心的大叫起來。「看啊，這些椅子和我們的許願椅長得一模一樣。這麼說來，這些全都是許願椅囉？」

「喔，不是的。你們的許願椅是最特別的椅子。我覺得，應該是坐許願椅飛走的小偷想要把許願椅藏起來。他知道某個人有五張椅子，長得和許願椅一模一樣，就把許願椅送給了那個人，將椅子湊成六個一組。」

「我不懂他為什麼要這麼做。」茉莉疑惑的說。

「我還沒說完呢。」精靈說。「沒有人會認為，那六張椅子中有一張是許願椅。我敢說，小偷一定會找人買下那六張椅子，等他入手那六張椅子之後，他就會說自己突然發現其中一張是許願椅。接著，他就可以用一筆好價錢把許願椅賣給巫師了！」

「這真是個可怕的詭計。」茉莉厭惡的說。「現在看來，我們只能自己去這間家具店，看看那些椅子之中有沒有我們的許願椅了。喔，天啊，真希望奇奇能醒來。」

「你們最好盡快過去。」精靈說。「小偷應該很快就會把你們的許願椅和另外五張椅子買回去了！」

他們試著叫醒奇奇，但他就是不肯醒來。「我們只能自己去了。」彼得最後說。「精靈，你可以告訴我們要怎麼過去嗎？可以？好，那我們出發吧！你可以把留言放在桌上，奇奇就知道我們去哪裡了！」

4 尋找許願椅！

精靈帶他們走的路線實在讓人驚訝，他們走到花園後面、穿越樹籬的開口，接著又帶他們前往一片草地的後方，走到一圈深色的草旁邊。

「我們把這種草稱做『仙子環』。」茉莉說。「有時候會有一圈小蘑菇長在這圈環旁邊。」

「沒錯。」精靈說。「讓我示範仙子環的使用方法。請你們坐到這圈深色草環的上面。」

茉莉和彼得坐了下來。仙子環並不大，他們必須緊緊靠著彼此。精靈不斷摸索著草地，好像在尋找什麼東西。接著，他找到了，然後用力按了一下。

仙子環像電梯一樣迅速向下墜落！兩個孩子驚訝的抽了一口氣，緊緊抱著對方。仙子環停下來的時候，狠狠砸在地面上，他們全都被震了下來，滾了好幾圈。

「真抱歉。」精靈說。「我可能按太大力了，你們有沒有受傷？」

「沒有……沒什麼大礙。」茉莉說。在她說話的時候，仙子環再次迅速的向上飛升、緊密的貼回草地上。

「嗯……我們的確見識到令人驚訝的東西。」她說。「接下來呢？」

「沿著這個通道走。」精靈說完後，先他們一步小跑著走進通道裡。地底下其實很亮，不過兩個孩子都看不出光線從哪裡來。他們路上經過了一扇又一扇顏色明亮的小門，彼得很想要敲敲門環，看看誰會來開門。

接著，他們面前出現了一道階梯，他們順著螺旋狀的樓梯一路往上走，繞了一圈又一圈。他們到底要去哪裡呢？樓梯頂端有一扇門。精靈把門打開後，他們踏進了一間又小又圓的房間，看起來相當溫馨舒適。

「這真是個奇妙的圓形房間。」彼得驚訝的說。「喔，我知道為什麼房間是圓形的了。因為我們現在在樹幹裡！我之前也進過樹屋！」

「你猜對了！」精靈說。「我就住在這裡。雖然很想邀請你們在這裡坐坐、和我一起喝杯茶，但是我想，最好先去看看那幾張椅子，以免發生什麼意外。」

「沒錯。我也是這麼想的。」彼得說。「出去的門在哪裡呢？」

出去的門設計得實在太巧妙了，要不是本來就知道門在那裡，根本不可能找到。精靈當然知道門在哪裡，他直直走到門口、把門打開，他們一起踏進了一座森林裡。精靈把門關上，兩個孩子一起回頭。他們現在絕對找不到那扇門，門已經融合到樹幹上了！

「走吧。」精靈說。他們跟著精靈穿越森林、走進小巷，接著進入了無比整齊的小鎮，所有的小房子都一列列排得非常整齊，正中間有一座綠色的方形廣場，廣場中間是一座圓形水池，池裡有四隻非常乾淨的白鴨。

「真是太整齊了！」彼得說。「沒有半根草是歪的。」

「這裡是別針村莊。」精靈說。「我想你們應該聽過『和別針一樣整齊』這句諺語吧？沒錯，這裡就是別針村莊——總是非常整齊又乾淨，村莊裡的別針村民從來不會扣錯鈕扣，頭髮也從來都不會亂掉。」

兩個孩子看了看四周，發現這裡的確如精靈所說——所有人都整齊又乾淨，這讓他們立刻覺得自己真是又髒又亂。

「他們看起來真像穿上衣服四處走動的別針。」茉莉偷偷笑著說。

「嗯，很高興我終於知道『和別針一樣整齊』是什麼意思了。他們從來都不跑步、不發出噪音，也不笑嗎？」

「噓！不要嘲笑他們。」精靈說。「好了，你們看，有沒有看到轉角那間店？經營者不是別針村民，而是擦亮先生，他是賣家具的。」

「讓我猜猜看，他之所以叫做擦亮先生，是因為他一天到晚都在擦亮家具。」茉莉笑了起來。

「別自以為聰明！」精

靈說。「他從來沒有擦亮過家具，負責擦亮家具的是他的女兒亮亮。」

「就是這間店。」茉莉說。他們停下腳步、看向店內。茉莉用手肘頂了頂彼得。「你看，」她悄悄說，「六張椅子，全都長得一模一樣。我們要怎麼知道，哪一張是我們的許願椅呀？」

「走近一點看看。」彼得說。兩個孩子和精靈一起走進店裡。一位棕精靈少女正忙著擦亮椅子，讓椅子顯得閃閃發光。

「那一定是擦亮先生的女兒——亮亮。」茉莉對彼得說。亮亮一定聽到他們說話了，她抬頭看向他們、笑了笑。她是位好心的棕精靈，尖尖的耳朵就和奇奇一樣，還有一雙清澈的綠色眼睛。

「你們好。」她說。

茉莉也對她微笑。「這些椅子真漂亮，對嗎？」她說。「你們有一整組椅子呢！」

「沒錯，我父親擦亮先生對此感到很高興。」亮亮說。「他本來只有五張椅子，但是大家都喜歡一次買六張一組的椅子，妳懂吧。」

「他怎麼找到第六張椅子的呀？」彼得問。

「他的運氣很不錯。」亮亮說。「那天，有一位名叫詭詭的哥布靈跑來告訴我們，他想要賣掉一張舊椅子，那張椅子以前是他祖母的。然後，他拿出那張椅子給我們看，聽好囉，我們發現那張椅子正是我們這組椅子缺少的那一張，所以我們向他買下了那張椅子。現在，椅子就在這裡啦。我想，我們應該可以把整組椅子一起賣掉了。我很確定，一定會有人來買走這組椅子的。」

「哥布靈給你們的，是哪一張椅子呢？」彼得問。他努力的觀察這些椅子。

「我也搞不清楚了。」亮亮說。她把擦亮劑倒在抹布上，開始用力擦亮其中一把椅子。「我一直都在清潔它們、移動它們，你懂吧。它們全都混在一起了。」

兩個孩子絕望的盯著這些椅子看。它們看起來全都一模一樣！喔，老天啊！怎麼可能分辨得出哪一張是他們的許願椅呢？

接著，亮亮突然說了一句話，這句話幫了兩個孩子一個大忙。不過，亮亮並不知道！

「你們知道嗎，」她說，「其中一張椅子很奇怪。我一遍又一遍的擦亮那張椅子的椅背，但是椅背上好像有一個小洞還是什麼東西。總之，我沒辦法讓那一小塊椅背閃閃發光。」

兩個孩子立刻豎起耳朵。「哪一張椅子呀？」彼得說。亮亮指了指那張椅子。那張椅子的椅背上，看起來就像有一個洞。彼得用手指碰了碰那個洞，但那並不是一個真正的洞！他能感覺到那裡有堅硬的木頭！

彼得立刻就知道這是他們的許願椅。於是，他跟茉莉說起了悄悄話。

「還記得，去年許願椅曾經隱形了嗎？然後我們拿了一些魔法漆，把許願椅變回原本的樣子。」

「噢，對！」茉莉悄悄回答。「我記得，那時候我們的魔法漆不夠，沒辦法把椅背上最後一小塊變回來，所以椅背看起來就像有一個洞，雖然那不是一個真正的洞！」

「沒錯！可憐的亮亮還一直想要擦亮這裡。」彼得說。「好了，現在我們能確定這把椅子就是我們的許願椅了！真希望它能馬上長出翅膀，這樣的話，我們就可以直接坐上去，許願說我們要回家了！」他用手指摸了摸椅腳，想知道椅腳上有沒有小突起，要是有的話，翅膀很快就會長出來了。但是椅腳上沒有任何小突起。

「說不定，許願椅下午才會長出翅膀。」茉莉說。「我們先去精靈的樹屋裡和他一起喝下午茶吧，晚點再回來看看許願椅有沒有長出翅膀。」

精靈很高興兩個孩子願意去他家、一起享用下午茶。在前往精靈的家之前，彼得仔細盯著許願椅看了看。「我覺得，」他對茉莉說，「最好在許願椅上綁一個蝴蝶結，這麼一來，要是我們決定迅速的把許願椅帶回家，就可以在別人來得及阻止之前，立刻找到許願椅了。」

「好主意。」茉莉說。她今天沒有用緞帶綁頭髮，因此她拿出藍色的小手帕，綁在許願椅的扶手上。

「你們在做什麼呢？」亮亮驚訝的問。

「亮亮，我們之後會告訴妳原因。」茉莉說。「可不可以請妳別把這個結拆掉？它能提醒我們某件事。喝完下午茶，我們就會回來。」

他們和精靈一起離開別針村莊。精靈請他們試試看能不能找到門把、進到樹屋裡，但是無論他們多麼努力觀察和摸索，都找不到完完全全隱藏在樹幹上的門！難怪從來沒有人找得到樹屋在哪裡！

精靈親自幫他們打開家門，三個人一起踏進樹屋中。精靈替他們泡了好喝的茶、準備了像夕陽一樣閃閃發光的粉紅色果凍，還有做成小城堡形狀的手作牛奶凍。

「不知道奇奇起床了沒有。」茉莉最後說。「不用了，謝謝你，精靈，我再也吃不下了。這頓下午茶真是棒極了。」

「要不要回去店裡，看看能不能把許願椅帶走？」彼得說。「我們可以晚點再麻煩奇奇去向他們解釋，我們一定要快點把許願椅帶走，否則那個名叫詭詭的哥布靈，就會找人把六張椅子全都買走。到時候，我們的許願椅也會被帶走！」

他們出發前往商店，但是令人不敢相信的是，許願椅已經不在店裡了！他們從窗戶外頭往裡面瞧，椅子全都不見了！兩個孩子絕望的看著這間商店。

他們走進商店裡。「那些椅子去哪裡了？」他們問亮亮。

「喔，你們剛走沒多久，我們就碰上好運了。」亮亮說。「有個人到我們的店裡看了那幾張椅子，他說是哥布靈詭詭建議他來買這組椅子的，他馬上就付錢把椅子買走了！」

「那個人叫什麼名字？」彼得問。他覺得自己的心正慢慢下沉。

「讓我看看喔——他叫做咒語先生。」亮亮看著一本簿子說。「他住在巫師小屋裡，似乎是個好人呢。」

「喔我的天。」彼得說。他拉著茱莉走出商店。「現在，我們真的把親愛的許願椅給弄丟了。」

「別放棄！」茱莉說。「我們先回去找奇奇，告訴他今天遇到的事，說不定他聽過咒語先生，可以把我們的許願椅要回來。奇奇很聰明的。」

「好吧。但是，從咒語先生手中拿回許願椅之前，哥布靈詭詭一定會再次盯上許願椅。」彼得說。「他一定會去巫師小屋把許願椅拿走。」

精靈帶他們回家。但是當他們走進遊戲室，卻發現奇奇不在這裡！桌上有一張紙條。上面寫著：

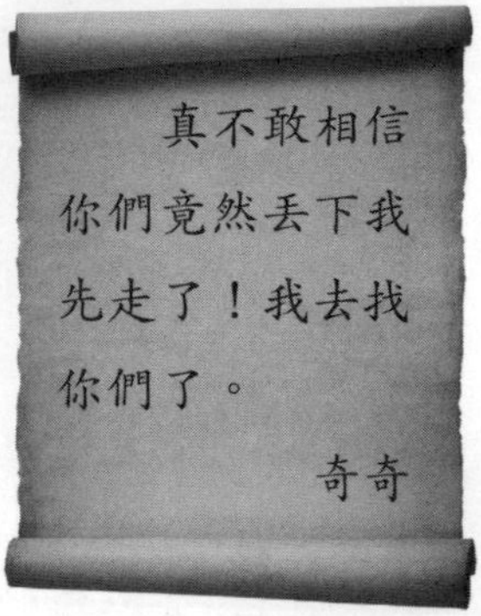
真不敢相信
你們竟然丟下我
先走了！我去找
你們了。
奇奇

「真是的！」茱莉說。「真討厭！我們回來找他，他卻跑出去找我們。只能等到明天，才能繼續去找許願椅了！」

5 巫師小屋裡的咒語先生

其實，茉莉和彼得那天也不能再去找許願椅了，因為他們錯過了下午茶，這讓媽媽覺得有點奇怪。看到奇奇要去找他們的字條時，兩個孩子聽到媽媽叫他們的聲音。

「奇奇竟然沒有等我們，真是太可惜了。」彼得說。「我們原本可以讓他去咒語先生家看著許願椅的。茉莉，走吧，我們必須回家了。我們幾乎一整天都沒有看到媽媽呢！」

媽媽一點也不知道許願椅的事情，兩個孩子把這個祕密守得很好。

「要是把這件事告訴別人，大人就會跑來把我們珍貴的許願椅拿走、放進博物館或是其他地方。」彼得說。「到時候，許願椅就只能在博物館的玻璃櫥窗裡長出翅膀，什麼地方也不能去，那簡直令人無法忍受。」

因此，他們沒有把這件事告訴任何人。他們一起跑進家裡，幫媽媽剝豌豆。他們坐下來，想著奇奇現在會在哪裡。這時候，他們都覺得很想睡覺，茉莉突然打了一個好大的呵欠。

「茉莉，妳看起來很累。」媽媽看著她蒼白的臉。「昨天晚上是不是沒有睡好呢？」

「這個嘛，我睡得不多。」茉莉誠實的回答。他們昨晚坐著許願椅飛了好遠，之後又搭了奇怪的公車回來。

「我想你們今天早點上床睡覺比較好。」媽媽說。「我會把你們的餐點拿到床上給你們享用，有奶霜覆盆子和奶油麵包。你們覺得如何？」

一般來說，孩子們一聽到要提早上床時，一定會回答：「不用了，謝謝。」但是，他們真的太想睡覺了，兩個人一起打了一個呵欠，回答說：「好的，聽起來棒極了，謝謝媽媽！」

他們走上樓，在吃完奶霜覆盆子之後立刻睡著了。媽媽上樓看看他們的狀況時，覺得非常訝異。

「可憐的孩子，大概是從學校回家太興奮，所以累壞了。」她說。「我來做一些三明治，讓他們明天帶出去野餐吧。」

第二天早上，他們早早就起床了，醒來的第一個念頭就是許願椅。

「我們下去找奇奇吧。」茉莉說。「早餐時間還沒到，我們還有一點時間。」

他們迅速的穿好衣服、跑到遊戲室去。但奇奇不在遊戲室，也沒有任何紙條。這麼看來，他還沒有回來。他到底去哪裡了呢？

「喔天啊，一開始是許願椅不見了，現在連奇奇也不見了。」茉莉說。「他到底遇到什麼事了？彼得，我覺得最好先去找精靈，問他有沒有看到奇奇。」

「我們來不及在吃早餐前去找精靈。」彼得說。「等我們把媽媽需要幫忙的事做完之後，就可以立刻過去。」

聽到媽媽說，他們可以帶著餐點出門、整天在外面野餐後，兩個人高興極了。哎呀！真是太剛好了！這麼一來，他們就可以去拜訪精靈、尋找奇奇，或許還可以和奇奇一起去找咒語先生呢！真是太完美了！

他們開開心心的拿了媽媽準備的幾包三明治、蛋糕和巧克力，裝進彼得的小背包裡。

他們出發了，臨走前，他們又到遊戲室看了一眼，確保奇奇還沒回來。

沒錯，他的確還沒回來。「我們最好留一張紙條給他。」彼得說。

「你在紙條上寫了什麼？」茉莉回頭問彼得。

「我寫說：『你這個傻瓜，為什麼不等我們呢？現在，我們只好趁你找我們的時候出去找你啦！』」

茉莉大笑起來。「喔天啊，這真是越來越可笑了。走吧！我們去樹屋看看精靈在不在。」

他們前往花園後方、穿越樹叢、橫越草地，走到一圈深色的草旁——那就是「仙子環」。他們坐在仙子環的中間、茉莉在草地上摸索著，尋找可以按的按鈕。她在泥土地上摸到了一個小小的突起，壓了下去。沒錯！這就是他們要找的按鈕！

他們往下掉落，但沒有前一天下降得那麼快，因為茉莉在按按鈕時，沒有像精靈按得那麼大力。接著，他們沿著通道走、路過奇怪的亮色小門、走上螺旋狀的樓梯、敲了敲門。

「是我們！茉莉和彼得。我們可以進去嗎？」

門飛快的打開了，精靈站在門內。他看起來十分開心。「啊，你們真是親切。快進來。」

「我們是來請教你一個問題的。」茉莉說。「你有看到奇奇嗎？」

「喔，有的。昨天和你們道別之後，他就來找我了，我把你們告訴我的事全都告訴他了，他立刻跑去找亮亮打聽最新消息。」精靈說。

「但是他一直都沒有回家。」茉莉說。「你覺得他會在哪裡呢！」

「說不定是去找他媽媽了？」精靈猜測。「我不知道。我覺得現在去找他，其實沒有太大的用處，你知道的，他可能會在任何地方。」

「是的，你說的沒錯。」彼得說。「茉莉，我們該怎麼辦呢？要不要自己去巫師小屋找咒語先生呢？」

「喔，我知道他住在哪裡。」精靈說。「他是個好人。我可以告訴你們怎麼去他家。你們要先搭公車穿越高高山丘，接著搭船到磨坊。你們會在距離山丘頂端不遠的地方看到一棟外型像城堡的大房子，不過你不能把這棟房子稱為城堡，因為它還不夠大。咒語先生就住在那裡。」

「喔，謝謝你。」彼得說。兩個孩子一起搭上公車。這輛公車長得就像他們前兩天晚上搭的那一輛，不過公車司機不是同一個人，車上也沒有那麼擁擠。事實上，車上還有很多空間讓彼得和茉莉坐下來，不過他們一上車就注意到，有位乘客居然是自己睡先生，也就是奇奇的壞脾氣表親。

「我們最好還是坐在司機先生旁邊。」彼得說。「否則自己睡一定會認出我們，然後大發脾氣。」

公車沿著小路向前高速前進，轉彎的方式令人膽顫心驚。「你是不是特別喜歡用兩個輪子轉彎？」彼得一邊問，一邊緊緊抓住茉莉，以免茉莉掉出車外。

「啊，這樣開車的話，另外兩個輪胎比較不容易磨損。」司機說。

這時，公車突然直直衝向一座陡峭的山丘、衝進了黑漆漆的洞穴裡，顯然，這是一個又長又崎嶇的隧道。公車離開隧道後，在一條藍色的小河前方緊急煞車，公車的前輪差點就泡進水裡去了。

「我總是會在這裡緊急煞車，讓乘客感受一下驚嚇的感覺。」司機說。「畢竟大家都付了錢，當然要給他們最有價值的體驗啊！」

兩個孩子非常開心終於能下車了。他們現在應該要找一艘船，而水面上有好多艘船正自己到處航行。「快看！」彼得說。「它們一定被施過魔法之類的。」

一艘黃色小船直直向他們航行過來，接著在他們身旁輕柔的來回搖晃。他們跨上船，但是船卻沒有移動。

「小笨蛋，你們要告訴它目的地呀！」公車司機大喊。他一直在一旁興致勃勃的觀察他們。

「去磨坊。」彼得說。小船立刻順著河流向下航行，偶爾靈巧的左右移動，沒多久，就抵達一間老舊的磨坊。磨坊的巨大水車正不斷運轉，發出很大的聲響；磨坊後面有一座山丘，山丘上方有一座小小的城堡。

「咒語先生就住在那裡。」彼得說。「來吧，我們先下船，後然爬上那座山丘。」

他們爬上山丘，終於抵達了長得像城堡的奇怪房子前。

但是他們一靠近房子，就聽到了大聲的吼叫聲、重擊聲和呼喊聲，他們立刻警覺的停下腳步。

「怎麼回事？」茉莉說。「是不是有人在吵架呀？」

兩個孩子躡手躡腳的走到房子旁，找到了傳出吵架聲的那扇窗戶，然後偷偷往裡面看。他們看到的景象真是古怪！

奇奇和一隻長相惡毒的小哥布靈似乎正在玩大風吹！兩個孩子發現房間裡有六張椅子，正是他們在擦亮先生的店裡看到的那組椅子。奇奇先衝到其中一張椅子前面，仔細觀察一番，想要把椅子拉走，接著哥布靈也做出了同樣的舉動。然後，看起來非常偉大的妖術師咒語先生，便把那兩張椅子從兩個人的手中拿回來，再用魔杖打了哥布靈和奇奇一下。

哥布靈發出了吼聲與咆哮，奇奇則發出了嚎叫。喔，天啊。這到底是怎麼一回事？

「奇奇一定是發現椅子被咒語先生買走了，所以跑來這裡想拿回我們的許願椅。」彼得說。「哥布靈想必是在同一時間也跑來拿椅子。茉莉，妳有看到我們綁在許願椅上的藍色手帕嗎？」

「沒有，手帕不見了。一定是被人拿掉了。」茉莉說。「我看到奇奇的口袋露出了手帕一角，我猜，他應該猜到了那條手帕是我們用來標記許願椅的。他為了不讓哥布靈和咒語先生猜到哪一張椅子特別不一樣，就把手帕拿下來了。」

「先生！」奇奇突然對咒語先生大聲喊著，「我必須再說一次，這些椅子中有一張許願椅，是屬於我和我朋友的，我只是來把這張許願椅拿回去而已。正是這隻哥布靈從我們這裡偷走許願椅，現在他想要從你手上把許願椅拿走。他會把許願椅再次賣掉，然後偷走，他是個壞人。」

碰！哥布靈用力撞了奇奇一下，開始大喊。咒語先生發出像獅子的吼聲。「你們兩個我誰都不相信，你們這兩個無賴。這些椅子是我的，每一張都是，我不相信其中一張是許願椅。許願椅有翅膀，但這些椅子都沒有翅膀。」

「但是，我跟你說……」奇奇才剛開口，就停了下來，因為妖術師用魔杖輕輕敲了他一下，接著又敲了哥布靈一下。

奇奇陷入了熟睡中，哥布靈也是。「終於能安靜片刻了。」咒語先生說。「要是這兩個傢伙沒有說謊，我一定會找出哪張椅子是許願椅的！」

他走出房間，兩個孩子聽見他在另一個地方移動物品的聲音。他可能正在製作「找出真相」的咒語！

「快來！我們要趁咒語先生不在的時候溜進房間，把奇奇帶走。」彼得說。「我們一定要把他救回去！」

他們從窗戶悄悄爬進去，想要把奇奇搬走。就在這個時候，他們感覺到一股強烈的氣流吹在身上！

他們看向那六張椅子。沒錯，其中一張椅子已經長出了翅膀，正前後拍動、製造出了一陣風！萬歲！現在他們可以坐上許願椅，把沉睡中的奇奇塞在他們兩個人中間，就這麼飛走！

「快點，喔，快點！咒語先生要回來了！」彼得說。「幫我一起搬奇奇，快點，茉莉，快點！」

6 咒語先生的神奇魔法

許願椅與其他五張椅子排排站在一起，正用力拍動它的紅色翅膀。兩個孩子抱住睡著的妖精，把他拖到椅子上。奇奇簡直像鉛塊一樣重！真希望他能馬上醒來。

「他被下了可怕的沉睡咒。」茉莉絕望的說。「好了。彼得，把他抬起來，就是這樣，把他好好放在椅子的座位上。喔天啊，他又滾下去了。快，我們要快一點！」

他們聽見咒語先生在隔壁房間喃喃自語，還不斷攪拌著鍋子裡的東西。他很快就會把尋找許願椅的咒語做好了，到時候，他就會回到這間房間裡。他們一定要在咒語先生回來前逃跑！

許願椅的翅膀已經完全長好了，正輕輕跳來跳去，好像等不及要出發了。兩個孩子坐到許願椅上、緊緊抓住奇奇。哥布靈詭詭還躺在地板上睡得很熟。很好！

「飛回家，許願椅，飛回家！」彼得命令。剛好來得及！就在彼得下達命令時，兩個孩子都聽見妖術師的腳步聲正從隔壁房間往這裡靠近。他出現在門口，手上拿著一個閃亮的瓶子，不知道裡面裝了什麼東西。

許願椅已經飛到空中，拍著翅膀想要從窗戶離開了。窗戶的形狀不太適合椅子通過，因此許願椅傾斜了一下，害得兩個孩子與奇奇差點掉下去！他們害怕的用力抓住扶手、努力抱住奇奇，不讓他滾下去。

「嘿！」妖術師萬分震驚的大喊。「你們在幹什麼？天啊，椅子長出翅膀了！孩子們，你們是誰？你們想對我的椅子做什麼？快回來！」

但這時候，許願椅已經飛出窗戶，再次往上升了，兩個孩子都鬆了一口氣。許願椅飛到了天上。

「太好了！我們成功逃脫了，而且我們把許願椅和奇奇都帶走了。」彼得開心的說。「就算他睡著了也沒關係，至少我們把他帶走了。我們可以問問精靈，或許他知道該怎麼把奇奇叫醒。」

彼得的話說得太早了。咒語先生是個聰明人，不會讓許願椅這麼輕易的逃脫。他跑到城堡形狀的屋子外，站在小花園裡，手上抱著一團東西。

「他想做什麼？」茉莉說。「彼得，他手上拿的是什麼東西？」

他們馬上就知道了！那是一條很長、很長的繩子，繩子尾端綁成了一個圓環，可以套住他們！咒語先生花了一、兩秒鐘的時間把繩子繞成更多圓環，接著把繩子拋到空中。圓環一個個解開，最後一個圓環差點就要碰到他們了。還好沒有碰到！許願椅嚇得往上一跳，飛得更高一點點。

「喔，許願椅，快走！」茉莉乞求。「妖術師把繩子收回去，他準備再丟一遍了。小心！繩子飛過來了！喔，彼得，繩子要套住我們了，它變得比之前還要更長了！」

繩子迅速的衝向他們，看起來就像一條又長又細的蛇。最後一個圓環靈巧的落在許願椅上，但是在圓環收緊前，彼得就抓住圓環往外一丟。他真是聰明極了。

「噢，彼得——你真是太厲害了！」茉莉大喊。「我還以為我們會被抓住。他現在一定抓不到我們了，妖術師看起來好小、好遠哦。」

繩子再次飛向許願椅，許願椅試著想要躲過繩子，差點就把孩子們都拋了下去。繩子直直朝著許願椅衝過來，結結實實的落在椅子上，在彼得還來不及抓住圓環時，繩子就緊緊勒住了許願椅還有孩子們！

彼得努力掙扎，想要拿出小刀把繩子切斷，但是他的手臂被緊緊綁在身體兩旁，根本沒辦法把手伸進口袋裡。茉莉也試著幫助他，但是一點用也沒有。咒語先生把繩子往回拉，許願椅慢慢的向下降、向下降、向下降……

「喔天啊，我們被抓住了！」茉莉絕望的說。

「我們差一點點就能成功逃跑了！彼得，快想想辦

法。」

但是彼得想不出辦法來。奇奇或許能想出某些咒語掙脫繩子，但是他依舊睡得很熟。茉莉必須用雙手抓住奇奇，才能避免他從椅子上掉下去。

許願椅一路向下，它努力反抗繩子的力量，盡可能使妖術師難以把它拉下去，但妖術師很有耐心，終於把許願椅拉回地面。

「你們這是什麼意思？」他嚴厲的說。「你們為什麼要做出這種事？跑進我的房子裡、偷走我買的其中一張椅子，而且還是最好的一張椅子，是一張許願椅！為什麼？我買下這組椅子的時候，根本不知道其中一張是魔法椅。」

茉莉快哭了。彼得不斷試著掙脫緊緊綁著手臂的繩子，他看起來一臉憤怒。

「那條繩子一整天都會綁住你們。」咒語先生說。「讓你們學到教訓，不要從妖術師手上偷東西。」

「放我們走。」彼得說。「我才不是小偷，也沒有偷這張椅子。除非你認為拿走『本來就屬於我們』的東西也叫做偷。我可不這麼認為！」

「什麼意思？」咒語先生說。「每個人都說這張椅子是他的，我已經聽膩了。詭詭這麼說、奇奇這麼說，現在你們也這麼說！椅子總不可能同時屬於你們每個人吧。而且，不管怎麼說，這張椅子是我買下來的。」

「咒語先生，這張許願椅是我們的。」彼得耐心的解釋。「許願椅一直住在我們的遊戲室裡，妖精奇奇跟我們一起分享這張椅子、照顧這張椅子。是詭詭把椅子偷走，然後賣給擦亮先生，因為擦亮先生有五張長得跟許願椅一模一樣的椅子。」

「然後詭詭又跑來告訴你，這六張椅子在拍賣，這麼一來，你就會把這組椅子買下來。」茱莉說。「接著，詭詭就會在今天晚上過來，把許願椅拿走，因為許願椅很珍貴，他可以拿去賣給其他人！」

「沒想到詭詭還來不及偷走椅子，奇奇就跑來這裡，想要告訴你這些事。」彼得接著說。「我猜他們應該是同時抵達，才會吵了起來。」

「原來如此啊！」咒語先生說。他聽了這些話之後，一臉驚訝。「我必須說，這真是個奇怪的故事。我的確是在走進花園時，發現哥布靈和妖精在做奇怪的舉動。他們一直坐坐這張椅子，又坐坐那張椅子。我猜，他們想要弄清楚哪一張是許願椅。他們從頭到尾都在向對方大吼大叫。」

「之前，我把藍色手帕綁在許願椅的右邊扶手上。」茱莉說。

「是的，我發現了妳的手帕，也感到很疑惑。」咒語先生說。「現在手帕在奇奇的口袋裡，他一定認出了那是妳的手帕，然後把它拿走了。嗯，我猜，你們來的時候，正好看到我對著他們兩個發脾氣，然後用咒語讓他們兩個都睡著了。」

「沒錯。」彼得說。「然後你走出了房間，我們打算試著帶奇奇一起逃跑。這時，許願椅突然長出了翅膀。」

「咒語先生，你已經聽完我們的故事了，可以把許願椅還給我們嗎？拜託你。」茉莉請求。「我知道你已經付了這張椅子的錢給擦亮先生了，難道你不能叫哥布靈詭詭把錢還給你嗎？畢竟，把許願椅搶走的人不是我們或奇奇，而是他，不是嗎？」

「妳說得很對。」咒語先生說。「我認為，你們拯救奇奇的舉動非常勇敢。很抱歉我用咒語讓他陷入沉睡了，等一下我就把他叫醒。現在，讓我先把繩子鬆開，放你們下來！」

他把繩子鬆開，接著把奇奇從許願椅上抱起來、放到地板上。他用白色粉筆在奇奇身邊畫了一個圈，接著又在白圈裡面用藍色粉筆畫了另一個圈。接著他大喊：「煤灰！你去哪裡了？真是的，那隻貓永遠不會在我想要找他的時候出現。」

窗戶外傳來了響亮的貓叫聲。一隻綠眼睛的大黑貓跳了進來、跑到咒語先生面前，他的眼睛像交通號誌一樣正閃閃發光。

「煤灰，我要施展清醒咒。」妖術師說。「去坐在魔法圈裡面，在我唸誦咒語的時候，跟著我一起唱。」

煤灰輕巧的跳過兩個粉筆圈、坐在睡著的奇奇身邊。咒語先生開始一圈一圈繞著粉筆圈走，唸誦著奇怪的歌。聽起來就像這樣：

「啵囉嚕啦——庫米——噗，
雷麥迷、羅麥迷、萊，
提比努卡——夫萊——盧，
張開你睡著的眼睛！」

妖術師一直唸誦著這首奇怪的歌，貓咪則一直大聲喵喵叫，似乎也在唸咒語。

這個咒語非常有效，他們唸誦了幾遍之後，奇奇張開了一隻眼睛，接著又張開另一隻眼睛。他坐起身，表情看起來無比驚訝。

「我說啊，」他開口說，「發生什麼事了？我在哪裡？喔，彼得、茉莉，你們好啊！我到處在找你們呢！」

「我們也在到處找你呀！」茉莉說。「你被施了沉睡咒。快起來，我們一起回家吧。許願椅長出翅膀了。」

這時，奇奇看到高大的咒語先生一臉嚴肅的站在旁邊，他的臉色馬上變得蒼白，緊張的說：「但是，我說啊，咒語先生是怎麼想的呢？」

「我已經聽完這兩個孩子的故事了，顯然這張椅子真的屬於你們。」他說。「我會從詭詭那邊要回我的錢。」

「好的，但是詭詭有很多詭計，你要小心。」奇奇說完後，和兩個孩子一起坐上許願椅。

「他醒來之後一定會嚇一大跳。」咒語先生說，接著，他突然用自己的腳趾碰了碰睡著的哥布靈。「縮縮、縮縮、縮縮、縮縮小！」他突然大喊，這時，奇妙的事發生了，哥布靈的身體迅速的縮得好小好小。

咒語先生把渺小的哥布靈撿起來，從壁爐架上拿起火柴盒，把哥布靈放進去，接著關起盒子、放回壁爐架上。

「這麼一來，他就不會在醒來之後惹出任何麻煩了。」他說。「一點麻煩也不會有！好啦，再見了。很高興這件事能有好的結局。不過，我也很希望自己能擁有一張許願椅。」

兩個孩子揮手道別，許願椅升到空中。「我們要回家嗎？」彼得說。

「等等。」茉莉說。她突然記起彼得還帶著好幾袋三明治和蛋糕。「我們可以帶奇奇一起去野餐！經過這麼刺激的冒險，我們應該好好享受一番。」

「妳說得對！」彼得說。奇奇高興的點點頭。「許願椅，去最棒的野餐地點。」他們立刻飛向最棒的野餐地點，度過了非常愉快的一天。

7 前往另一場冒險！

接下來整整一週，兩個孩子都眼巴巴的等著許願椅再次長出翅膀。但是，許願椅就是不長出翅膀來！當他們平安回到遊戲室之後，翅膀就立刻消失了。

「希望它的魔法沒有變少。」茉莉說。

這一天，他們一起坐在遊戲室裡玩十字棋。十字棋是他們最喜歡的遊戲，每次玩這個遊戲，他們都會嘲笑奇奇，因為如果奇奇沒有領先一步回到終點，就會為此大發脾氣。當他們在玩十字棋的時候，突然感到一陣清涼的氣流。

「喔，太棒了！終於有風了！」茉莉感激的說。「我覺得今天是這個假期中，最熱的一天。」

「終於起風了。」彼得說。「快吹啊，風，快吹，你讓我們覺得涼爽又開心。」

「不過樹上的葉子都沒有在動呢，真是奇怪，對吧？」奇奇說。

茉莉從遊戲室敞開的門看向花園裡的樹，它們一動也不動！「但是，外面沒有風啊。」她說。接著，她突然靈光一閃，轉過頭看向放在他們身後的許願椅。

「你們看！」她大喊。「我們真是太傻了！那不是風，是許願椅長出翅膀了！它的翅膀拍動得好快、好快啊！」的確，許願椅的翅膀正用力拍動著。兩個孩子和奇奇開心的跳了起來。

「太好了，今天的天氣正好適合坐許願椅，到天上去吹吹涼爽的風。」彼得說。「許願椅，我們很滿意喔！」

許願椅再次用力拍了拍翅膀，發出了吱嘎聲。這時，奇奇注意到了一件事。

「我說啊，你們看，它只長出了三隻翅膀，而不是四隻。它怎麼了？以前從來沒有發生過這種事。」

他們盯著許願椅瞧，許願椅的其中一隻前椅腳沒有長出翅膀。少了一隻翅膀的許願椅，看起來有點怪異。

奇奇疑惑的看著許願椅。「你們覺得，只用三隻翅膀，它能飛嗎？」他說。「這件事真是太奇怪了。許願椅居然只有三隻翅膀，而不是四隻翅膀，我不太確定是不是該起飛。」

「我覺得沒有理由不飛呀。」茉莉說。「就算飛機的第四個引擎停了，只有三個引擎也一樣能飛嘛。」

許願椅輕巧的跳了跳，好像在說它可以飛得很好。「喔，走吧！」奇奇說。「我們就試試看。我想，許願椅一定會沒事的。真希望我能知道它為什麼不長出第四隻翅膀，一定有什麼事情不太對勁。」

他們坐上許願椅，奇奇像以前一樣坐在椅背上，抓著兩個孩子的肩膀。接著，許願椅往門口飛去。

「我們這次要去哪裡呢？」奇奇說。

「這個嘛，我們一直沒有去『天知道要去哪』。」茉莉說。「要不要再試一次呀？我們都知道那是一個很遠很遠的地方，我們可以享受一段舒服的長途飛行，一路上都會有涼爽的風。」

「就這麼決定。」奇奇說。「許願椅，去『天知道要去哪』。我們在地圖上看過它的位置了，從這裡往東方去，直直朝著太陽升起的地方飛、跨越頂點山脈、經過瘋狂谷，然後沿著鋸齒海岸一路飛過去。」

「聽起來好刺激喔！」茉莉說。「喔，能夠吹吹涼風真是讓人開心。今天實在是好熱啊。」

他們飛到了高空中，在飛行的途中不斷有舒服的微風吹拂在他們身上。小小的雲朵像一團團棉絮在下方飄浮，經過雲朵的時候，茉莉伸出手，想要抓住其中一朵雲。

「真好玩。」她說。「奇奇，那是不是冰淇淋國啊？如果是的話，我們以後可以找時間去那裡冒險！」

「我也不知道。我從沒聽過冰淇淋國這個地方。」奇奇說。「不過，我知道有個地方叫做甜點國。有一次，甜點國飄到遠遠樹上方，我爬上去過一次。那裡棒透了，樹上會長出餅乾，樹叢也會長出巧克力。」

「喔——那你有沒有看到月亮臉、絲兒還有老平底鍋人？」茉莉興奮的問。「我在書上看過遠遠樹的故事，一直希望能爬到遠遠樹上。」

「有，他們三個我都遇見了。」奇奇說。「絲兒很親切，妳一定會喜歡她，但是月亮臉那時候很生氣，因為有人把他的滑溜溜靠枕全都拿走了。妳知道的，就是他放在樹頂房間裡面的那些靠枕，想要從樹頂滑到樹下，可以坐這些靠枕滑下去。」

「我覺得去甜點國也很不錯啊！」彼得說。「那裡聽起來很棒。我有點後悔剛剛叫許願椅載我們去『天知道要去哪』了。」

「嗯，最好不要改變主意。」奇奇說。「許願椅可不喜歡我們這麼做。你們看，那就是頂點山脈。」

他們靠著許願椅向下看。頂點山脈由好幾座雄偉的山組成，高度很高，山頂是鋸齒狀的，就像有人用鉛筆把山頂亂畫成高高低低的模樣。

他們繼續前進，經過一群好小好小的雲朵，但是茉莉這次沒有試著抓住這些雲，因為她發現每朵雲上面都躺著一個正在睡覺的精靈小嬰兒。

「天氣這麼熱的時候，小雲朵是很棒的搖籃。」奇奇解釋說。

過了一陣子，茉莉注意到奇奇一直大力的靠在她的肩膀上，彼得似乎也不斷的靠了過來。她把他們兩個人都推了回去。

「不要這麼用力的靠在我身上啦。」她說。

「我們不是故意的。」彼得說。「但是，我覺得自己好像一直往妳那邊靠。我已經很努力的試著不要靠著妳了。」

「真奇怪，我們怎麼會靠過去呢？」奇奇說。接著，他大叫了起來。「天啊，許願椅歪掉了。難怪彼得和我會一直往茉莉那邊靠過去。你們看，它現在是傾斜的！」

「它怎麼了？」茉莉說。她晃了晃自己的身體，想要把椅子晃回正常的角度，可是，一旦停止搖擺，許願椅又會失去平衡、往左邊歪斜。

許願椅越來越斜、越來越斜，他們緊張的看著彼此。現在，許願椅這麼斜，要好好坐在椅子上變成一件很困難的事。

「因為它只有三隻翅膀！」奇奇突然說。「就是這樣！這一邊的翅膀累壞了，椅子只能用剩下的兩隻翅膀飛行，所以許願椅才會傾斜。它很快就會變得更歪了！」

「我的天啊！看在老天爺的份上，我們快點降落到地上吧。」茉莉緊張的說。「要是再不降落到地上，我們就要掉下去了。」

「許願椅，降落到地面上。」彼得命令。他覺得許願椅又比剛剛更斜了。他看向旁邊的椅腳。其中一隻翅膀已經停止拍動，現在，許願椅只拍動著剩下的兩隻翅膀——這兩隻翅膀一定很快就會累壞的！

許願椅沉重的往地面飛去、重重降落在地上。它的翅膀立刻停住了，軟軟的垂在椅腳上。接著，許願椅發出悲哀的吱嘎聲，它顯然累壞了！

「我們不應該在許願椅只有三隻翅膀的時候起飛的。」奇奇說。「這是個錯誤的決定。畢竟上一次假期結束後，你們都長大了，一定也變重了。沒有四隻翅膀，許願椅不可能載著我們三個人一起飛行的。」

他們站在旁邊看著可憐又疲倦的許願椅。「該怎麼辦呢？」彼得說。

「這個嘛——首先，我們要弄清楚這裡是哪裡。」奇奇說，他看了看周圍。「然後，我們要找找這附近有沒有巫師、女巫或者魔法師，能幫助我們讓許願椅再次長出第四隻翅膀。最後，我們最好直接回家休息。」

「你們看。」茉莉指著旁邊的一個路標。「上面寫著『通往狡猾村』。奇奇，你去過狡猾村嗎？」

「沒去過，不過我聽過狡猾村。」奇奇說。「住在那裡的人都不是什麼好人，他們和鰻魚一樣狡猾，絕對不能信任他們，也不能相信他們說的話。不要往那邊走比較好。」

他走到路標旁，看了看指向另一邊的牌子，接著愉快的走回來。

「上面寫著『快指女爵』。」他說。「她是我的姨婆。她會幫我們的。快指女爵一定知道長出翅膀的咒語，她家裡養了六隻飛天狗，你們知道的，因為狡猾村民的關係，只要有村民跑去偷她的雞和鴨，飛天狗就會追趕他們。」

「天啊——我好想看看飛天狗喔。」茱莉說。「你的姨婆住在哪裡呢？」

「這條路直直走下去，轉一個彎就到了，就在一棵大山梨樹下。」奇奇說。「她人很好。我敢說，只要我們有禮貌，她一定會邀請我們進屋喝茶。她最喜歡有禮貌的人了。」

「那麼——你先去問問她，有沒有能讓許願椅再長出一隻翅膀的咒語。」茱莉說。「我覺得，我跟彼得最好留下來看著許願椅，免得又有人想要偷走它。如果你的姨婆在家，我們再把許願椅帶過去。這樣可以避免我們把椅子一路搬過去之後，卻發現她不在。」

「好。我這就出發。」奇奇說。「我很快就會回來。在我回來之前，你們先坐在許願椅上，不要讓任何人把椅子偷走。」

奇奇沿著那條路奔跑，轉了一個彎之後身影就消失了。茱莉和彼得坐在許願椅上等他，椅子發出吱嘎聲，聽起來似乎真的累了。茱莉拍拍許願椅的扶手。「只要長出第四隻翅膀，你就會沒事啦。」她說。「別這麼難過。」

奇奇離開沒多久，兩個孩子就聽到一陣腳步聲。他們看了看周圍，通往狡猾村的路上，有五個矮小的人走了過來。他們的樣子看起來非常古怪。

「他們一定就是狡猾村民。」彼得說，他坐直身體。「我們要很小心，不要讓他們使出詭計把許願椅拿走。妳不覺得他們看起來很怪嗎？」

五個小小的人兒走上前來，紛紛對他們鞠躬。「你們好。」他們說。「我們是特地來和你們問好的，想邀請你們來參觀我們的村莊。」

8 狡猾村民的詭計

彼得和茱莉仔細觀察這五位狡猾村民。每一位狡猾村民的眼睛都是一藍一綠，但是他們完全沒有直視兩個孩子！五位村民的頭髮光滑油亮，嘴角一直掛著微笑，無時無刻都在搓著瘦巴巴的雙手。

「不好意思，」彼得說，「但是，我們不想把椅子留在這裡。我們必須留下來等我們的朋友奇奇，他去找他的快指姨婆了。」

「喔，她去市場了。」其中一位狡猾村民說。「她每個星期四都會去市場。」

「喔，天啊。」彼得說。「真是的！這下子我們就沒辦法讓許願椅長出第四隻翅膀了。」

「老天爺——這是許願椅嗎？」狡猾村民興奮的說。「這是我們第一次看到許願椅。拜託讓我們坐坐看。」

「絕對不行。」彼得說。他很確定，要是讓狡猾村民坐上許願椅，他們一定會坐著椅子就這麼飛走了。

「我聽說快指姨婆養了一些飛天狗。」茉莉說。她期待狡猾村民會在她提到飛天狗的時候露出害怕的表情，但是他們沒有。

他們一起狡猾的搓著手、繼續微笑。「啊，是的——那些飛天狗很棒。若妳站在椅子上，往那邊的草原看過去，或許能看到幾隻飛天狗在飛。」一位狡猾村民說。

兩個孩子站到了許願椅的座椅上。狡猾村民圍了過來。「現在，往草原的右邊看過去。」其中一位村民說。「有沒有看到一棵很高的樹？」

「有。」茉莉說。

「很好，再往樹的右邊看，妳會看到一棟房子的屋頂。然後那棟房子的右邊還有另一棵樹。」這位狡猾村民接著說。

「你不能直接講清楚要我們看哪裡嗎？」茉莉不耐煩的說。「我連一隻飛天狗也沒有看到。只看到一、兩隻烏鴉。」

「好的，現在看向左邊，然後……」另一位狡猾村民說。這時，彼得從椅子上跳了下來。

「你只是在胡說八道。」他說。「走開，別再亂講了！我一點也不喜歡你們。」

狡猾村民臉上的笑容消失了，他們的表情看起來非常惡毒，接著將手放到許願椅上。

「我應該要吹口哨叫飛天狗過來才對。」彼得突然說。「讓我想想，是哪一種口哨呢？啊，對了……」他突然吹起聲音尖銳的口哨。

狡猾村民立刻一溜煙的跑走了，彷彿身後有一百隻飛天狗在追他們！茉莉大笑了起來。

「彼得！你吹的口哨其實不能叫來飛天狗，對不對？」

「沒錯，當然不能。但是我總要想個方法擺脫他們嘛。」彼得說。「他們一定會使出詭計來騙我們，想想看他們愚蠢的笑容、一直搓來搓去的雙手還有古怪的眼睛。所以，我決定想個方法反過來騙騙他們。」

「真希望奇奇快點回來。」茉莉再次坐回椅子上。「他已經離開好久好久了。而且我們根本是在浪費時間，他去找他的姨婆，但他的姨婆卻去了市場。我覺得，剛剛應該直接帶許願椅去他的姨婆家。」

「哎呀，是奇奇！」彼得用力揮手。「喔，太好了，他正一邊笑著，一邊跳舞呢。他一定拿到可以讓許願椅長出翅膀的咒語了。」

「也就是說，他的姨婆根本沒有去市場！」茉莉說。「嘿，奇奇！你拿到咒語了嗎？快指姨婆在家嗎？」

「她在呀！她看到我的時候高興極了。」奇奇跑了過來。「她給我的咒語剛剛好能夠讓許願椅長出一隻翅膀，我們很快就可以回家了。」

「剛剛有五位狡猾村民跑過來這裡，他們說你的姨婆每個星期四都會去市場。」茉莉說。

「我已經說過了，絕對不要相信他們說的任何一個字。」奇奇說。

「我的天，真開心他們沒有騙到你們。通常，他們能騙過每一個人，不論你有多聰明都沒有用。」

「哈，他們可沒有騙過我們喔。」彼得說。「我們比他們聰明多了，對吧，茉莉？」

「沒錯。他們一知道這是許願椅，就想要坐到椅子上。」茉莉說。

「但是我們沒有讓他們坐上來。」

「你們做得對極了。」奇奇說。他拿出一個藍色的小盒子給兩個孩子看。「你們看，我拿到了一小盒油膏，分量剛剛好能夠讓許願椅長出一隻一模一樣的紅色翅膀。到時候，許願椅就會恢復原本的樣子了。」

「好，那我們現在就把油膏塗在椅腳上吧。」彼得說。奇奇在許願椅面前蹲了下來，但卻驚恐的大叫一聲。

「怎麼了？」兩個孩子說。

「快看！有人把許願椅另外三隻翅膀都剪掉了！」奇奇呻吟著。「翅

膀被剪得好短。只剩下一小根突起了。」

茉莉和彼得驚慌的看向椅腳。沒錯，另外三隻翅膀都被剪斷了。怎麼會這樣呢？這是什麼時候發生的事？到底是誰剪的？兩個孩子一直都待在許願椅旁邊呀。

「我以為你們能夠好好看守許願椅。」奇奇氣憤的說。「我真的這麼以為。我不是警告過你們要小心狡猾村民了嗎？我不是告訴過你們，不要相信他們了？我不是……」

「喔，奇奇——但是，這怎麼可能呢？」茉莉喊。「我跟你說，我們一直都在這裡啊。」

「你們一直站在椅子旁邊嗎？」奇奇問。

「對啊，還有站在椅子上。」彼得說。

「椅子上？你們為什麼要站在椅子上？」奇奇疑惑的說。「是要阻擋狡猾村民坐到椅子上嗎？」

「不是，是要看快指姨婆養的飛天狗。」彼得說。「狡猾村民說飛天狗在那裡，只要我們站到椅子上，就能看到飛天狗在那裡飛來飛去。但是我們沒有看到。」

「你們當然看不到。」奇奇說。「這是理所當然的事，因為飛天狗全都跟我的姨婆一起待在家裡。我剛剛才在她家裡看到飛天狗！」

「噢——這一定是他們編出來的故事，真是可惡！」茉莉大喊。「彼得——這就是他們的詭計！當我們站在椅子上想要看飛天狗的時候，一定是其中一個狡猾村民偷偷把三隻翅膀剪掉了，然後放進口袋裡。」

「就是這樣！」奇奇說。「事情就是這麼簡單，只有你們這兩個頭腦簡單的傻子才會被這種愚蠢的詭計騙了。」

茉莉和彼得的臉都漲紅了。「現在該怎麼辦？」彼得問。「我真的很抱歉。可憐的許願椅，其中一隻翅膀沒有長出來，另外三隻翅膀又被剪掉了。真是太倒楣了。」

「幸好奇奇帶了能夠長翅膀的油膏來。」茉莉說。

「是啊，不過我拿的油膏只夠讓許願椅長出一隻翅膀。」奇奇說。

「一隻翅膀沒辦法帶我們飛到任何地方，不是嗎？」

「沒錯。」茉莉說。「我們現在要怎麼辦？」

「我去找快指姨婆要更多長翅膀油膏，就這樣。」奇奇說。「這次你們必須跟我一起去，還要帶著許願椅。要是把你們丟在這裡，你們還會被騙一次，我下一次回來時，就會發現許願椅的椅腳統統不見了，到時候，我連讓椅腳長出翅膀都做不到！」

「奇奇，你不斷提起這件事也沒有什麼幫助。」茉莉說，她和彼得一起搬起許願椅。「很抱歉，我們不知道狡猾村民有多聰明。喔——他們真是可怕的生物，長著一雙怪眼睛，臉上還掛著假笑。」

他們跟著奇奇沿著小路走，轉進了一條巷子。很快的，他們就來到了快指姨婆的小屋前面。這棟小屋看起來又小又舒適，花園裡有五到六隻棕色的飛天狗，牠們長得像西班牙獵犬，正用白色的小翅膀四處飛舞，茉莉一看到牠們就開心極了。飛天狗大聲叫了起來，飛到他們三個人身邊。

「好了、好了，這兩個人是我的朋友。」奇奇拍了拍靠得最近的一隻飛天狗，那隻狗正繞著他的頭頂飛翔。

其中一隻飛天狗飛向茉莉，把前腳放在她的肩膀上。茉莉笑了起來，飛天狗舔了舔她的臉，接著又飛走了，一邊生氣吠叫一邊追趕麻雀。

快指姨婆走到門口，表情有些驚訝。「哎呀，奇奇，這麼快就回來啦！」她說。「怎麼了？」

奇奇把他們的遭遇告訴快指姨婆。「所以說，姨婆，現在這張可憐的椅子失去所有翅膀，妳給我的長翅膀油膏恐怕不夠用。」奇奇說。「我很抱歉。」

「哎、哎——你必須非常聰明，才能看穿狡猾村民的一舉一動。」快指姨婆說。「既然你們都來了，就進屋裡喝點茶吧！」

兩個孩子放下許願椅，快指姨婆從烤箱裡拿出幾個糖漿小餡餅。「來，吃點餡餅吧。」她說。「這些餡餅會讓你們的手指變得黏答答的喔！我去幫你們做更多長翅膀油膏。很快就好。」

她離開後，孩子們坐了下來，大吃特吃美味的糖漿餡餅。沒過多久，快指姨婆就回來了，手上還拿著一個好大的玻璃罐。她把罐子遞給奇奇說：「給你。你可以用這個試試看。但要記得，油膏在每樣東西上只能用一次。咒語無法生效兩次。下一次，再把油膏用在許願椅上是沒有意義的，椅子不會再長出翅膀了，因為油膏會失效。」

奇奇用手指沾了一些玻璃罐裡的油膏。油膏看起來非常奇妙，是亮黃色的，上面還有綠色的條紋。

他把一些油膏塗在許願椅的一隻椅腳上，就在那瞬間，椅腳長出了一隻美麗的翅膀，又大又強壯！

「我說啊，翅膀不像以前一樣，是紅色的！」茉莉大喊。「是綠色和黃色的！而且這隻翅膀比之前還要大。許願椅，你看起來棒極了。奇奇，快點製造下一隻翅膀。」

許願椅很快就長出四隻黃綠相間的大翅膀，比以前的紅色翅膀還要更大。它驕傲的拍動著這四隻翅膀。

「你們最好趕快坐上去，不然許願椅就要試著用新翅膀自己飛走囉。」快指姨婆說。

他們三個人立刻坐了上去，奇奇像以前一樣坐在椅背上——出發！

「回家，許願椅，回家！」三個人一起大喊。椅子飛到高空中，往西邊飛去。「再見了，非常謝謝妳。」奇奇和孩子們大喊，快指姨婆不斷揮手，直到看不見他們為止。

「這真是一場有趣的小冒險。」彼得說。「許願椅也得到了厲害的新翅膀。真希望以後長出來的翅膀都像這樣，黃綠相間還又大又強壯！」

9 茉莉和魔法油膏

兩個孩子都很喜歡許願椅黃綠相間的四隻美麗新翅膀。

「這比以前長出來的紅色小翅膀要棒多了。」彼得說。「奇奇，快指婕婆給我們的長翅膀油膏真神奇，希望許願椅可以更常長出翅膀來。」

不過，在他們安全回到家之後，黃綠相間的翅膀當然馬上就消失了。許願椅安安靜靜的站在原地，看起來十分平凡。兩個孩子拍了拍許願椅。

「親愛的許願椅，你要趕快再次長出翅膀哦。你知道的，你還沒有帶我們到『天知道要去哪』呢！」

一整個星期，許願椅都沒有長出翅膀。星期五過了，然後是星期六、星期日、星期一，兩個孩子不停問奇奇「許願椅長出翅膀了沒有」，問到連自己都覺得煩了。

從星期二開始，連續下了好幾天的雨。到處都溼答答的，沒什麼可以在戶外玩的遊戲。兩個孩子每天都到遊戲室去找奇奇玩，過得很開心，但是到了星期五，奇奇說他一定要回去探望他親愛的媽媽。

「自從帶著許願椅回來找你們，我就沒有見過她了。」他說。「我今天一定要回去。」

「喔，真是的！沒有你，我們該怎麼辦呢？」茉莉說。「奇奇，要是你不在的時候許願椅長出翅膀，我們該怎麼辦？」

「啊，這很好解決啊。」奇奇微笑著說。「你們只要坐上許願椅，許願到我媽媽家就可以了。她一定很高興能見到你們，然後我們就可以一起出發去冒險了。」

「喔，太好了！要是許願椅長出翅膀來，我們就這麼做。」彼得說。「好了，再見，奇奇。你今天晚上會回來嗎？」

「會。」奇奇說。「今晚，我會和以前一樣睡在遊戲室的沙發上，你們不用擔心。對了，這次回家，我不會帶走我的魔杖，你們要幫我好好保管，可以嗎？」

奇奇剛買了一支新魔杖，魔杖裡有很多非常有用的魔法。買到這支魔杖讓奇奇覺得很自豪，他把魔杖放在存放玩具和遊戲的櫥櫃裡。

「沒問題，我們會好好看著魔杖。」彼得說。「我們向你保證，絕對不會使用魔杖。」

「我知道你們不會使用魔杖的。」奇奇說。「好了，晚上見囉。」

奇奇穿上防水斗篷和防水帽，搭公車前往媽媽家了。他走了之後，兩個孩子覺得無聊透頂了。

「茉莉，要玩十字棋嗎？」彼得說。

「不要。我今天對十字棋提不起興趣。」茉莉說。

「好吧，妳今天不是個好玩伴。」彼得說完後，拿出了一本書。「我要看書了。等妳無聊夠了再通知我，我們可以找些有趣的遊戲玩。」

茉莉躺在地毯上、閉上眼睛。外面一直下雨、一直下雨，真是太糟糕了，就算許願椅長出翅膀，下雨天也不好玩，因為坐在許願椅上時，依然要撐傘。

茉莉睜開眼睛看向窗外。真討厭，明明就有太陽，但是外面依然在下雨。

「我說啊，彼得，你看那道彩虹。」茉莉說。「真是太壯麗了。

喔——要是能坐許願椅飛到彩虹上，該有多好啊！從這麼遠的地方看，就覺得彩虹那麼漂亮了，不知道從很近的地方看會是什麼樣子？喔——真希望許願椅今天下午就能長出翅膀。」

但是彼得沒有聽見她說的話，他沉浸在書裡，這讓茉莉覺得有些惱怒。她在房間裡四處亂晃，打開了奇奇儲藏東西的櫥櫃，櫃子裡有一罐裝著長翅膀油膏的玻璃罐，是快指姨婆給奇奇的，這罐油膏曾經讓許願椅再次長出了翅膀。

茉莉把玻璃罐拿出來、打開蓋子。裡面還剩下很多油膏——黃色的，裡面還有綠色的條紋。雖然奇奇的姨婆說過，油膏只能讓每種東西長出翅膀一次，但是茉莉覺得，或許油膏還能讓許願椅再一次長出翅膀。

「試試看吧。」茉莉想著。「而且我才不要告訴彼得！要是許願椅長出翅膀，我就要一個人坐上許願椅去找奇奇。誰叫他不回答我，這是他的報應！」

她走向許願椅，把一點點油膏塗在其中一隻前椅腳上。什麼事都沒有發生。她摸了摸許願椅，椅腳沒有任何快要長出翅膀時的小突起，長翅膀油膏的確只能用一次，快指姨婆是對的。

接著，茉莉想到了一個奇妙的主意。她何不試著在別的東西上塗一點魔法油膏呢？她看了看周圍。比如說，洋娃娃！喔，要是能讓最漂亮的洋娃娃蕾蕾長出翅膀的話，一定很棒。

茉莉興奮的從嬰兒床中拿出洋娃娃蕾蕾，她把一點點黃綠相間的油膏塗在洋娃娃的背上——然後，說變就變，洋娃娃的背上出現快要長出翅膀的小突起，黃綠相間的翅膀從洋娃娃的背上長了出來。

洋娃娃蕾蕾突然從茉莉的膝蓋上飛了起來——沒錯，她飛起來了，開始在遊戲室裡繞圈、四處飛舞。她飛到彼得身邊，彼得感覺到蕾蕾拍動翅膀帶來的微風，他抬頭向上看，看到蕾蕾愉悅的繞著房間飛舞時，嚇得眼睛差一點從眼眶裡跳出來。

茉莉開心的笑了起來，當蕾蕾飛過身邊時，茉莉伸手想要抓住她。「我在她背上抹了一點長翅膀油膏。」她說。「你知道的，就是奇奇的姨婆給他、用來讓許願椅長翅膀的那罐油膏，然後蕾蕾就長出翅膀了！」

「啊，真是不可思議！」彼得驚奇的說。「我說啊，妳覺得我的火車頭能不能也長出翅膀呢？」彼得突然說。他有一個很棒的發條火車頭，能夠擁有這個完美的火車頭模型，讓彼得覺得很驕傲。

「喔，一定可以！我們趕快試試看。」茉莉說。他們拿出火車頭，彼得塗了一點點油膏在火車頭上，火車頭立刻就長出了小小的翅膀！

火車頭從彼得手中飛了起來，加入洋娃娃的行列。看到兩個玩具在房間裡飛行，兩個孩子笑到肚子都痛了。這兩個玩具看起來實在太奇妙了。

接著，茉莉和彼得開始瘋狂的玩起了魔法油膏：他們把油膏塗在一個陀螺上，陀螺便一邊繞著房間飛，一邊轉圈；他們把油膏塗在保齡球瓶上，讓保齡球瓶全都繞著房間轉圈，好幾個保齡球瓶在空中撞在一起。

他們也讓一些玩具士兵飛到天上，甚至還讓積木箱裡的積木也長出翅膀，和玩具士兵一起飛行。全部的玩具都在房間裡拍著翅膀、繞圈飛行，茉莉和彼得一邊笑一邊叫，閃躲著飛來飛去的玩具。

茉莉打開玩具櫥櫃，想看看還有沒有其他玩具可以抹上魔法油膏。她拿起了奇奇的新魔杖，把它放到一旁——但，老天啊，她的手指沾滿了長翅膀油膏，魔杖立刻長出了黃綠相間的優雅小翅膀！魔杖飛出了櫥櫃，和其他正在飛行的玩具一起飛舞起來。

「喔，天啊——魔杖跑走了。」茉莉說。「希望奇奇不要介意。我的手指上沾滿了魔法油膏，只是摸到魔杖而已，它就長出翅膀了。」

「妳看，我讓茶壺飛起來了。」彼得一邊大吼一邊大笑，茶壺正拍動翅膀繞著房間飛。「快看，保齡球瓶又撞在一起了。」

這時，突然吹來了一陣風，把遊戲室的大門吹了開來。然後，可怕的事情發生了。洋娃娃蕾蕾、火車頭模型、保齡球瓶、積木、陀螺、茶壺、魔杖……所有長了翅膀的玩具全都一窩蜂的從大開的門飛了出去，它們飛向花園的後方，就這麼消失了！

「喔不！」茉莉驚恐的喊著。

「它們全都不見了。」彼得說。他衝到敞開的門口，但什麼都沒有看到，沒有看到蕾蕾、沒有看到火車頭，什麼都沒有，全都消失不見了。

「喔，我的天——我們要怎麼把它們找回來？」茉莉說。「我怎麼會想把長翅膀油膏塗在它們上面呢？這個主意真是太蠢了！現在，我的蕾蕾不見了。」

「我最喜歡的火車頭模型該怎麼辦？」彼得說。「還有，我要說，奇奇的魔杖也不見了！」

他們悲慘的看著對方。那支魔杖是奇奇特地存錢買的，擁有這支魔杖讓他很自豪。但是，如今魔杖也長出了翅膀，飛出門外消失不見了。這真是太糟糕了。

「奇奇今天晚上回來之後，我們就告訴他這件事，然後問問他有沒有辦法把玩具找回來。」茉莉說。「要是我們知道玩具跑去哪裡，就可以把它們都帶回來了。你覺得，它們會不會跑去找快指姨婆呢？」

兩個人不再說話，肩併肩沉默的坐著，在心裡不斷希望意外飛走的玩具能自行飛回來。但是玩具沒有飛回來。

奇奇在六點半的時候回來了，他帶著奇奇媽媽給的一大塊巧克力蛋糕，看起來既滿足又愉快。但是當他看到兩個孩子憂鬱的面孔時，停下了腳步。

「怎麼了？」他說。「發生什麼事了嗎？」

他們把今天發生的事告訴奇奇，奇奇非常震驚。在孩子們提起魔杖的時候，他甚至跳了起來。

「什麼！你們不會是想告訴我，你們笨到去玩我的魔杖吧！你們該不會讓我的魔杖長出翅膀了吧！」

「我是不小心的。」可憐的茉莉說。「我移動魔杖的時候，手指上一定沾著一些魔法油膏，所以魔杖也長出了翅膀。奇奇，我很抱歉。」

「奇奇，這些玩具都跑去哪裡了呢？」彼得問。

「我不知道。」奇奇說。「我一點頭緒也沒有。我只能告訴你們，下一次許願椅長出翅膀的時候，要叫它帶我們去找玩具。但是天知道許願椅會把我們帶到哪裡去！」

10 尋找失蹤的玩具

那天晚上，奇奇既沮喪又生氣。兩個孩子都很難過，他們對自己這麼瘋狂的亂玩魔法油膏感到很難為情，也因為弄丟奇奇的魔杖感到羞愧。

「奇奇，如果今天晚上許願椅長出翅膀的話，你會來告訴我們嗎？」在回家之前，茉莉問奇奇。

「可能會吧。」奇奇生硬的回答。「也可能不會。我可能會自己坐許願椅飛走。」

「喔，不，別這麼做嘛。」茉莉請求。「那麼做就太可怕了。親愛的奇奇，拜託你，好心原諒我們弄丟了你的魔杖吧。」

「好吧。」奇奇說。他稍微振作了一點。

「我也因為失去了洋娃娃蕾蕾感到非常沮喪，你知道吧。」可憐的茉莉繼續說。「就跟你失去魔杖的感覺一樣。」

「火車頭不見也讓我覺得好難過。」彼得說。「那是我最棒的一個火車頭。」

「好吧，我們只好祈禱許願椅今晚長出翅膀，這樣才能把玩具找回來。」奇奇說。「許願椅長出翅膀的時候，我會去敲敲你們的窗戶。」

但是那天晚上，奇奇沒有敲響他們的窗戶，許願椅沒有長出任何一隻翅膀。茉莉嘆了一口氣。

「我們這麼想飛去找玩具，許願椅卻偏偏不長翅膀！我們今天一定要乖乖的、表現得很好，因為有客人要來找媽媽。說不定，我們一整天都不能去遊戲室玩。」

客人在七點抵達，當媽媽端出咖啡，兩個孩子也拿出裝了餅乾和麵包的圓盤時，奇奇突然出現在窗戶外。

一看到房子裡有這麼多人，奇奇就被嚇壞了，他立刻消失不見。兩個孩子剛好瞥見他出現的身影。

他們絕望的看著對方。現在要怎麼辦呢？只有一個方法了。他們只能做一些壞事，讓媽媽命令他們離開。

因此，茉莉把一盤餅乾全都打翻到地板上，彼得則翻倒了一杯咖啡。媽媽看起來氣壞了。「喔，天啊——你們真是粗手粗腳的！」她說。「茉莉，去找珍，請她拿一條抹布過來。我想妳和彼得最好離開這裡，我不希望等一下又有別的東西打翻了。」

「媽媽，對不起。」彼得說。

他們跑出房間。茉莉去找珍，請她拿一條抹布把咖啡清乾淨，接著兩個孩子一路衝到了遊戲室。

「希望奇奇沒有自己乘坐許願椅離開。」彼得喘著氣說。「他剛剛看到那麼多客人，說不定會以為我們沒辦法過來，然後一個人飛走了。」

他們趕到遊戲室的門口時，奇奇正好坐著許願椅飛出來。他們撞在一起，彼得抓住了一隻椅腳。

「剛好趕上！」他大喊。「奇奇，拉我們上去！」

奇奇把他們都拉上椅子。接著，許願椅拍動黃綠相間的翅膀，強而有力的飛到了空中。

「我本來還擔心你們沒辦法來呢。」奇奇說。「我正打算自己坐許願椅離開。我從窗戶偷看你們的時候，許願椅才長出翅膀幾分鐘而已。」

「許願椅這次長出來的翅膀又大、又壯、又漂亮。」彼得說。「我的腳能感覺得到翅膀拍動時的氣流，它現在飛得比以前更快了。」

「我們要去哪裡？」茱莉問。

「我不知道。」奇奇說。「我跟許願椅說：『去找我的魔杖、蕾蕾和其他玩具。』許願椅馬上就飛了起來，它似乎知道玩具在什麼地方。所以我完全不曉得我們要去哪裡。希望我們要去的，是個好地方。要是我們的目的地是狡猾村或者是垃圾國，那就太糟糕了。」

「喔天啊——我也希望現在要去的，是個好地方。」茱莉說。「許願椅飛得真高，對不對？」

「你覺得，許願椅會不會想載我們去玩具國呢？」彼得問。「我很樂意去玩具國。畢竟飛走的幾乎都是玩具，它們很可能跑到玩具國了。」

「據我所知，我們的確正在前往玩具國的路上。」奇奇看著下方說。「我知道抵達玩具國之前，會先經過泰迪熊村。我們已經很靠近泰迪熊村了，往那個方向走更遠更遠，就是玩具國。想必我們是要去那裡。」

但是他們沒有去玩具國。許願椅突然快速的下降、下降，顯然馬上就要降落了。

「咦！這裡不是玩具國！」奇奇驚訝的說。「哎唷喂呀！我敢說這裡一定是嚴厲先生開的學校，這間學校專門收壞棕精靈當學生。玩具不可能跑到這裡來吧？」

許願椅降落在一棟大房子的庭院中，就在一堵牆的旁邊。奇奇和兩個孩子跳下許願椅。他們把許願椅推到樹叢裡藏好，接著小心翼翼的看了看周圍。

遠處的大房子裡傳來一陣陣的朗誦聲。兩個孩子和奇奇都專心聆聽。

「我絕不會尖叫、大喊或吹口哨，
因為嚴厲先生總是在周遭，
我絕不會大力關門或者用力踩踏地板，
也不會在學校教室裡亂跳或亂跑，
我絕不會貪心、髒亂或偷懶，
因為嚴厲先生會怒火中燒，
我絕對會動作迅速、不會慢吞吞，
因為嚴厲先生有一根很粗的藤條！」

「喔——」茉莉說。「我不喜歡他們朗誦的內容。一定是嚴厲先生在教可憐的壞棕精靈詩詞。」

「沒錯。」奇奇說。「真希望我們沒有飛到這裡來，我真想跳上許願椅直接離開。我聽好多人說過，嚴厲先生是一位很兇的老師。我可不希望被他抓到。」

「被他抓到？」彼得說。「但是我們是兩個人類小孩和一隻妖精，我們又不是棕精靈，而這所學校專門收棕精靈學生。」

「我知道。」奇奇說。「我只是不喜歡這個地方給我的感覺，就只是這樣。如果你覺得沒關係，我們可以留下來，看看能不能找出我們的玩具在哪裡。」

「我覺得，我們最好留下來。」彼得說。「好了。首先，我們要做什麼呢？」

「你們聽，棕精靈是不是要出來玩了？」茉莉說。他們聽見巨大的嘈雜聲逐漸靠近，接著是奔跑的腳步聲。眨眼間，大約五十隻小棕精靈把他們團團包圍起來。他們看起來是一群開心又調皮的小傢伙，因為太年輕了，所以還沒有長出棕色的鬍子。

「你們是誰？你們來這所可怕的學校上課嗎？是新學生嗎？」一個矮小的棕精靈一邊問，一邊往前擠。「我叫眨眨。你們叫什麼名字？」

所有小棕精靈都擠在周圍，想知道答案。奇奇把他們推開。

「不要擠成這樣。不是，我們不是來念書的，我們是為了尋找不見的東西而來，我們認為弄丟的東西可能在附近。我叫做奇奇，他們兩個是真正的人類小孩，彼得和茉莉。」

「嗯，你們要小心，別讓嚴厲先生看見你們。」眨眨說。「他最近的脾氣很差，比以前還要更差了。」

「為什麼呢？」彼得問。

「因為我們找到他用來放藤條的櫥櫃，把藤條全都折斷了！」棕精靈笑了起來。「每一支都折斷了喔。」

「就算是這樣，他難道不能直接打你們嗎？」彼得說。

「喔，當然可以，但我們會躲開。」眨眨說。「不過我們很難躲過藤條。我說啊，你們要小心，別讓他抓到你們。」

「你們在找什麼？」另一名棕精靈問。「我是霍霍，你們可以信任我。」

「這個嘛，」奇奇說，「我們是來找一大堆會飛的玩具，還有我的新魔杖。我的魔杖也有翅膀。」

「會飛的玩具！」眨眨說。「還有一根會飛的魔杖。哇！朋友，你們有看過這些東西嗎？」

「有！」霍霍立刻大吼。「你忘記了嗎？昨天晚上我們看到了非常奇妙的景象。我還以為是一群怪鳥在天空中飛行，那一定就是你們的玩具。」

「那些玩具去哪裡了？」彼得問。

「這個嘛，嚴厲先生當時在花園裡享受他的傍晚菸斗。」霍霍說。「他那時突然抬頭，也看到了那群玩具。他很興奮，立刻喊出了某些我們聽不見的字眼……」

「然後，我們原以為是怪鳥的東西就降了下來，跑到他面前了。」眨眨說。「那一定就是你們的玩具，它們正要前往玩具國。嚴厲先生看見玩具之後，就把玩具統統用咒語叫下來了！」

「嗯，他會怎麼處理那些玩具呢？」霍霍說。「一直以來，我們都被禁止擁有任何玩具。我覺得，他應該會把玩具賣給他的朋友滑頭魔術師。」

「喔天啊。」茉莉說。「我們一定要在他把玩具賣掉之前，試著把玩具拿回來。能不能告訴我們，你們覺得嚴厲先生會把玩具藏在哪裡呢？」

「沒問題，我們帶你們去。」棕精靈大喊。「但你們要小心，不要被抓到了！」

他們帶著奇奇和兩個孩子走向大的那棟建築，每個人都踮著腳尖走路，互相提醒對方保持安靜。

霍霍帶他們走了進去，他指著一個旋轉樓梯說：「從這裡走上去。」他用氣音說。「你們會看到一個小小的樓梯平台，左邊有一扇門，那扇門裡面是儲藏室，我覺得嚴厲先生會把玩具放在那裡。」

「你們可以偷溜進去，看看能不能找到玩具。」眨眨用氣音說。

「走吧。」奇奇對兩個孩子說。「再待下去就沒有機會了！只要找到我們的東西，就把東西統統拿走、衝出去、跑到花園，然後在嚴厲先生知道我們來過這裡之前，坐上許願椅離開。」

「噓——」茉莉說。他們三個人踮著腳尖走上樓梯。「噓——」

11 嚴厲先生的壞棕精靈學校

他們三個人走上樓梯，一點腳步聲也沒有，祈禱著不要有任何一階樓梯發出吱嘎聲或劈啪聲。

棕精靈全都擠在樓梯下方的門前，屏住呼吸看著他們。一階樓梯、一階樓梯、再一階樓梯……他們終於抵達樓梯間的平台！現在，只剩下開門了。

他們看著那扇門，一起踮著腳尖走向門口，彼得轉動門把。門有沒有上鎖了呢？不，沒有上鎖！

他們偷偷往裡面看了一眼。沒錯，這是一間儲藏室，裡面有好多書、鉛筆、尺、墨水瓶、舊書桌和各式各樣的東西。

「沒看到我們的玩具。」奇奇用氣音說。「也沒看到我的魔杖。我們進去把全部的抽屜和櫥櫃找一遍吧。」

他們開始拉開抽屜東翻西找、打開櫥櫃門偷看裡面的架子，但是只找到書、筆和橡皮擦，沒有任何有用的東西。

接著，奇奇低呼了一聲。「你們看。」他說。「在這裡！」

兩個孩子立刻跑到他身邊，奇奇打開了一個大箱子，箱子的最上面靜靜躺著的，正是他們不見的各種玩具，不過翅膀都不見了。沒錯，蕾蕾在裡面，彼得的火車頭也在，還有陀螺與玩具士兵，所有東西都在這裡。

但是，等等！不，並不是所有東西都在這裡。「我找不到我的魔杖。」奇奇一邊拚命翻找，一邊說：「喔，魔杖到底在哪裡？」

他們把整個箱子從頭翻到尾，但沒有看到任何一支魔杖。三個人絕望的看著對方，他們怎麼找都找不到奇奇的魔杖。

「我很高興我們把玩具找回來了，」奇奇悄悄說，「但我找不到我的魔杖，真是太糟糕了。你們都知道裡面有很多魔法，我可不希望嚴厲先生使用這些魔法。」

接著，孩子們聽到了一些聲響，他們嚇得動都不敢動。是腳步聲，有人正用緩慢而沉重的腳步走上樓梯。那不是棕精靈又輕又快的腳步聲，而是又慢又沉悶的腳步聲，走上樓梯的人會不會走進儲藏室裡？

兩個孩子和奇奇慌慌張張的擠進了一個櫥櫃裡，根本沒有時間把剛剛翻出來的玩具放回箱子裡。門打開了——有人走進來了。

孩子們幾乎不敢呼吸，奇奇差點就嗆到了。接著，有個聲音說話了。

「有人剛剛來過這裡，有人想要偷走我的玩具，有人現在還在這裡！出來！」

兩個孩子一動也不動。他們太害怕了，完全不敢有任何動靜。然後，可憐的奇奇嗆到了，接著他又嗆到了一次，開始大聲咳嗽。

腳步聲往櫥櫃走過來，接著櫥櫃的門被飛快的打開。

嚴厲先生就站在櫥櫃外面。他的外表和他的名字一樣嚴厲，是一位高大健壯的棕精靈，一大把長長的鬍子拖在地板上。他有一對尖耳朵，眉毛又長又亂，都快要蓋住眼睛了。

「哈！」他大聲的說。「果然有人，還不只一個，而是三個人！」

彼得、茉莉和奇奇走出櫥櫃，可憐的奇奇還在不斷咳嗽。嚴厲先生牢牢抓著他們三個人的脖子後方，迫使他們坐到窗戶旁的座位。

「現在，可不可以告訴我，為什麼要來偷我的玩具呢？」他說。「你們怎麼知道玩具在這裡？是誰告訴你們的？」

「先生，那些玩具並不是你的。」彼得終於用顫抖的聲音回答。「那是我們的玩具。我們昨天用長翅膀油膏讓這些玩具長出翅膀，然後它們就飛走了。我們是來拿回玩具的。」

「聽起來的確有這個可能。」嚴厲先生傲慢的說。「那麼，你們是怎麼來到這裡的？」

「走樓梯上來的。」茉莉說。

嚴厲先生皺起眉頭，表情看起來非常兇。「小女孩，別傻了。」他說。「我是說，你們是怎麼來到這裡的？搭公車還是火車？還有，你們是怎麼進到庭院裡的？」

奇奇立刻用手肘推了推另外兩個人。茉莉差點就回答，他們是坐許願椅來的，還好她及時停住、緊緊閉上嘴巴。她絕對不能把這件事說出來，不然，庭院裡的許願椅一定會被嚴厲先生發現！

「怎麼回事？」嚴厲先生說。「我在問你們問題。當我問問題的時候，我希望能得到答案。」

但是，他們還是一句話都沒有回答。嚴厲先生向前靠。「不如讓我來告訴你們答案吧？學校裡的棕精靈中，一定有你們的朋友。他們幫助你們爬過圍牆、告訴你們到這裡來拿玩具！啊哈！別想否認這件事。」

他們一句話也沒說。嚴厲先生站了起來，把玩具放回箱子裡。

「你，」他對奇奇說，「你是妖精，我的學校通常不收妖精當學生。但是你是個壞妖精，我看得出來，所以我會讓你待在學校裡。我也會讓另外這兩個傢伙待在學校裡，雖然我不太確定他們是什麼，但是我認為他們應該不是人類小孩。就算他們真的是人類小孩，也應該在這裡上一學期的課當作懲罰。」

「喔，不！」茉莉害怕的說。「媽媽會怎麼說？你不能這麼做。」

「妳等著看吧。」嚴厲先生說。「現在，下樓去找一位名叫眨眨的棕精靈，告訴他你們會在上課鈴響之後進教室上課。他會拿書跟筆給你們，並告訴你們要坐在哪裡。」

他們排成一排走下樓，嚴厲先生走在後面，這讓他們全都嚇壞了！除非想出辦法跑去找許願椅，否則他們就必須待在嚴厲先生的學校裡！

他們找到眨眨後，立刻告訴他剛剛發生的事。眨眨覺得很遺憾。「真倒楣！」他說。「真是非常的倒楣。來吧，我把你們的書和用具拿給你們。進教室之後坐在我旁邊，我會盡量幫助你們的。」

眨眨把他們帶進一間大房間裡，把書跟筆拿給他們。上課鈴立刻大聲響了起來，棕精靈學生全都迅速的一一走進來。他們一句話都沒說，安靜的坐到座位上等待。

「眨眨，你為什麼會被送來這裡？」等待嚴厲先生進教室的時候，奇奇用氣音問眨眨。

「因為我用祖母的藍色咒語，把她養的豬全都變成藍色的。」眨眨用氣音回答。

「我被送來這裡，是因為我對我爸爸的鞋舌下了一個咒語，鞋舌在回家路上都對爸爸使壞。」霍霍用氣音說。

「我被送來這裡是因為……」另一位棕精靈開口時，一陣緩慢、沉重的腳步聲出現了。嚴厲先生走進教室、站到他的大書桌前。

「坐下。」他說話的語氣，彷彿底下的這些小棕精靈全是小狗。接著，所有人都坐下了。

「我們今天有三位新同學。」嚴厲先生說。「我必須說，很遺憾我抓到他們竊取我的儲藏室，沒錯，他們偷竊。一旦我發現這所學校裡面，有誰幫助過他們，並告訴他們玩具在哪裡，我就會用藤條處罰他。哼！」

這真是太嚇人了。茉莉嚇得連哭都不敢哭，她不斷想著被藏在花園樹叢下的許願椅來安慰自己。只要有機會，他們就會馬上跑去坐許願椅！

「好了，算數的時間到了。」嚴厲先生說。教室裡響起一陣輕輕的抱怨聲。「你，男孩，一百零三減去八十二再減去六十四，答案是多少？」

他指著可憐的彼得。彼得的臉漲紅了，這真是個傻問題！你不能把一百零三減去八十二再減去六十四啊。

「回答六百五十。」眨眨用氣音說。「他根本不知道答案！」

「六百五十。」彼得勇敢的回答。所有人開始拍手，就像他答對了。

「呃──很好。」嚴厲先生說。接著他指了指茉莉。「七磅的覆盆子果醬裡面有多少果核？」

「七磅的覆盆子果醬？」茉莉複述了一遍，懷疑自己有沒有聽錯。

「呃──這個……」

「回答說沒有果核，因為媽媽在做覆盆子果醬的時候，會把果核都過濾掉。」眨眨用氣音說。

「呃──沒有果核。」茉莉說。

「妳怎麼編出這個答案的？」嚴厲先生用非常嚇人的聲音大聲問。

「因為我媽媽做覆盆子果醬的時候，會把果核過濾掉。」茉莉說。大家再次拍起手來。

「安靜！」嚴厲先生說。「現在換你了，妖精——注意，你要非常、非常小心的回答。如果我把五十二根鬍鬚拔掉，我還剩下多少根鬍鬚？」

奇奇絕望的盯著嚴厲先生拖到地板的長鬍子。「嗯……」他思考著。這時，眨眨再次用氣音跟他說。

「回答說：『其他鬍鬚。』」他發出噓聲。

「呃——這個，剩下的是其他的鬍鬚。」他說。

嚴厲先生突然大力敲了桌子一下。「你，眨眨！」他大喊。「我聽到你剛剛在說悄悄話了，是你告訴他答案。我認為，你剛剛也跟另外兩個人說了答案。過來！我要用藤條打你。啊哈，你以為我的藤條全都斷了，所以沒有藤條了？但是我手上就有，你等著。」

「先生，拜託，我很抱歉。」眨眨說。「因為他們是新來的學生，我才想要幫助他們。先生，我想要當個好學生、當個有用的學生，真的。你總是告訴我們要當個好學生的，先生。」

「別再找藉口了。」嚴厲先生說。他轉向背後的櫥櫃、打開鎖，拿出了一根又細又長的木棍。

「眨眨，過來這裡。」他說。可憐的眨眨走到前面。他的手心被打了兩下。茉莉覺得非常難過，但是霍霍用氣音說：「別擔心，眨眨在手上施了一個咒語，所以一點也不介意被打。他一點感覺也沒有！」

茉莉覺得好多了。眨眨在走回座位的路上，對茉莉眨眨眼。嚴厲先生從書櫃中拿出一本書，在他轉身的時候，奇奇用手肘推了推彼得。

「彼得，」他輕聲說，「你有沒有看到他手上的那根木棍？那是我的魔杖啊！」

彼得仔細看了看。沒錯，桌上那根木棍的確是奇奇的小魔杖。噢，要是魔杖現在有翅膀的話，就能飛到奇奇手上了！

但是魔杖沒有翅膀。整堂課中，奇奇緊盯著魔杖不放。「我一定要拿回魔杖。」他不斷告訴自己。「我一定要拿回魔杖！但是要怎樣，才能拿到它呢？噢，我需要仔細想想！」

12 調皮的奇奇

上午的課終於結束了。嚴厲先生用他的木棍——也就是奇奇的魔杖——狠狠敲打桌子。

「統統注意！」他說。「十分鐘後開始吃午餐。遲到、手不乾淨或者頭髮不整齊的人，不准吃飯。」

既既抱怨了起來。「糟透了。」他在嚴厲先生離開後對彼得說。「每次的午餐都不夠，所以嚴厲先生會說：『停，你還有你，頭髮不整齊。』或者『停，你還有你，指甲不乾淨。』最後，大概有十幾個人沒有午餐可以吃。」

「這間學校真是太恐怖了！」彼得說。「你們為什麼不逃跑呢？」

「我們要怎麼逃跑？」既既說。「你看，整間學校的庭院旁邊，都圍

繞著好高的牆，每個出入口也上了鎖。真希望我能離開這裡，這間學校太可怕了，要是能逃離這裡就好了。」

「你覺得，許願椅還有沒有空位給眨眨呢？」茉莉悄悄對奇奇說。「奇奇，他是個好人，真希望我們能幫他。」

「我也這麼想。」奇奇也悄悄的回答。「嗯，之後再看看吧。」

可憐的奇奇正是沒有午餐可吃的學生之一。嚴厲先生站在餐廳門口，看著棕精靈一個一個走進餐廳。每隔一陣子，他就會突然攔住一位學生，對他大吼。

「停，你還有你，沒有把耳朵後面洗乾淨！不准吃午餐！停，你還有你，為什麼沒有把指甲洗乾淨？不准吃午餐！」當奇奇試圖從他面前溜過去時，嚴厲先生伸出手，大力拍打奇奇的肩膀，大吼著：「停，你還有你，為什麼沒有梳頭髮？不准吃午餐！」

「我明明就有梳頭髮，」奇奇憤憤不平的說，「我的頭髮本來就會豎起來。」

「頭髮不整齊，所以今天不准吃午餐；加上頂嘴，所以明天不准吃午餐。」嚴厲先生說。

「喔，我說啊，這真是太不合理了。」奇奇說。

「態度粗魯，所以後天不准吃午餐。」嚴厲先生說。「你要是再說一個字，我就用我的新木棍打你！」

他用魔杖狠狠敲打旁邊的桌子，這讓奇奇很擔心魔杖會斷成兩截。幸好，魔杖沒有斷掉。

奇奇走出房間，他既憤怒又氣惱。嚴厲先生真是太討厭了！他和其他幾位不能吃午餐的棕精靈一起離開了。

彼得和茱莉對奇奇的遭遇感到很難過。麵包送上桌的時候，他們想把兩塊餡餅塞進口袋、帶出去給奇奇。但是餡餅卻碎成了好幾塊，害他們的口袋變得又黏又髒。午餐過後，當他們經過嚴厲先生的面前時，嚴厲先生看到他們口袋旁邊的餡餅碎屑。他用魔杖點了點他們。

「啊哈！你們想要把食物塞進口袋裡。兩個貪心的小孩！明天不准吃午餐！」

彼得試圖搶走嚴厲先生手上的魔杖，要是搶到了，就可以把魔杖拿給奇奇。但是，嚴厲先生的動作比他還要快，魔杖立刻被舉到空中，可憐的彼得也被魔杖狠狠抽了一下手臂。幸好袖子的布料又好又厚，他才沒有感到疼痛。

「壞孩子！」嚴厲先生吼著。「今天下午放學後留下來，罰寫一百遍『我絕對不可以搶別人的東西』。」

下午的課還沒開始，他們還有一點點時間。彼得、奇奇、茱莉和眨眨，一起聚在學校的角落。

「眨眨，嚴厲先生拿來當作藤條的木棍，就是我的魔杖。」奇奇說。

眨眨吹了聲口哨。「我說啊！這真是個大好消息呢。這麼一來，我們就可以想辦法拿回魔杖了。」

「但是，要怎麼拿回來呢？」奇奇問。「我很擔心他會把我的魔杖弄斷，斷掉的魔杖就沒有用了。我們一定要想辦法把魔杖拿回來。」

「聽好囉。」眨眨說。「魔杖永遠不會傷害他的主人，你應該也知道這件事。不如，你就在下午的課堂上表現得非常調皮，讓嚴厲先生拿魔杖打你。當然了，你的魔杖一定會反抗，到時候，你就可以輕輕鬆鬆的把魔杖搶回來、施展一點魔法、想辦法逃走。這個方法如何？」

「喔——太棒了！」奇奇開心的說。「眨眨，你的主意真是妙極了。我忘了魔杖絕不能傷害主人。今天下午，我一定要非常調皮。我們等著看接下來會發生什麼事吧。」

他們興奮的回到教室，開始上下午的課。到底會發生什麼事呢？能看到調皮的奇奇一定非常有趣，更有趣的是，還會看到魔杖拒絕處罰奇奇！

一開始，奇奇大聲的打了一個呵欠。嚴厲先生聽到之後，用魔杖用力拍了拍桌子——啪！啪！

「奇奇？真是沒禮貌。不准坐著上課，起來罰站。」

奇奇站了起來，但是他站起來的時候，卻背對著嚴厲先生。

嚴厲先生瞪著他。「壞妖精！你又表現得不禮貌了，轉過來罰站！」

奇奇立刻用雙手倒立，雙腳在空中踢來踢去。所有的棕精靈都一邊拍手，一邊大笑。

嚴厲先生的臉就像烏雲一樣陰沉。「過來！」他大喊。奇奇立刻倒立著、用手走過去。他看起來真是好玩，眨眨笑得連耳朵都捲到臉頰上了。

但是嚴厲先生這次並沒有打算用魔杖打奇奇。他要奇奇去角落罰站——用正確的姿勢站著。

於是，奇奇用正確的姿勢走到角落罰站，但是每隔一陣子，他就轉過頭來對其他學生微笑。

嚴厲先生開始問學生問題：「知道『為什麼棕精靈會長出長鬍子』的人舉手；知道『消失咒語』的人舉手；知道『為什麼女巫家的煙囪會冒出綠煙』的人舉手；知道……」

他問完每個問題後，完全沒有叫人回答，因此棕精靈只能迅速舉起手又把手放下來，等待下一個問題。彼得和茱莉覺得，這簡直是他們上過最愚蠢的課了！

「現在，有沒有人能提出『我無法回答』的問題呢？」嚴厲先生說。「啊哈！你必須是非常聰明的棕精靈，才能問倒我。小心喔——要是我答得出來，你就必須上來接受處罰。好了，現在誰想提出我無法回答的問題呢？」

棕精靈之前就被這個詭計騙過了，所以沒有人舉手。

嚴厲先生敲了敲可憐的魔杖。「你，棕精靈！你能想出問題來嗎？」

「好的，先生。」眨眨立刻回答。「我想要知道，為什麼醋栗會長鬍鬚？他們也是棕精靈家族的一員嗎？」

每個人都因為這個可笑的問題大笑了起來。但是嚴厲先生沒有笑，他的表情就和他的名字一樣嚴厲。接著，他用木棍敲了敲桌子。

「眨眨，過來。我可不會讓你用這麼愚笨的問題把教室搞得一團亂。」眨眨笑著走到前面。他被魔杖打了三下，但是，眨眨一點也不覺得痛，他早就在手上施了咒語，所以木棍傷不了他。

「我有問題、我有問題！」奇奇突然大喊。他發現，這是拿回魔杖的好機會。

「什麼問題？」嚴厲先生皺著眉說。

「嚴厲先生，為什麼馬不用腳跑，要用馬蹄跑？」奇奇大喊。

「到前面來。」嚴厲先生嚴肅的說。「這又是一個愚蠢的問題。」

奇奇走到前面。「手伸出來。」嚴厲先生說。奇奇把手伸出去，嚴厲先生用最大的力氣揮下魔杖——但是，天啊，他沒有打到奇奇的手。魔杖輕輕往旁邊一滑，根本沒有碰到奇奇的手。

嚴厲先生又試了一次、再一次、再一次……但是，魔杖每一次都會從奇奇伸得直直的手上滑開，打到一旁的桌子。嚴厲先生覺得好疑惑。

棕精靈全都笑成一團，彼得和茱莉也是。嚴厲先生一直試圖打中奇奇的手，但卻一直打不到，他的表情實在太滑稽了。

「我要把這根木棍折斷！」他突然憤怒的大喊。

奇奇嚇了一大跳。「不行！」他大叫。「不行，你不能這麼做！絕對不可以！」

「為什麼不行？」嚴厲先生說。他的雙手放在魔杖的兩端，馬上就要把魔杖折成兩半了。

彼得、茱莉和奇奇絕望的看著他，等著斷裂聲響起。

但是魔杖可不允許自己被折斷！它從嚴厲先生的大手中滑了出來，飛到了奇奇面前，奇奇立刻一把抓住它。

「哈！」奇奇愉快的大喊。「我抓住你啦！親愛的魔杖，我抓住你啦！」

「什麼！那是魔杖？」嚴厲先生不可思議的大叫。「我可不知道這件事。把魔杖還給我！」

他伸手去抓魔杖，但是奇奇一邊東跳西跳的閃躲，一邊揮舞魔杖。

「我要讓所有人都放半天假！沒錯，就這麼做！看，我揮一揮魔杖就能讓所有人放半天假啦！所有人都可以去花園玩囉！」

棕精靈一刻也沒有停留。他們大叫大笑著，全都用最快的速度衝出房間。很快的，房間裡只剩下彼得、茉莉和奇奇，以及嚴厲先生了。眨眨則在門口偷看他們。

「你竟然有膽子這樣對我！」嚴厲先生大吼一聲，快步往奇奇走過去。「我要——」

「回去、回去！」奇奇唸誦咒語，然後對嚴厲先生揮了揮魔杖，於是，嚴厲先生的腳立刻帶著他倒退了六步，嚴厲先生非常訝異。「你懂了吧，我的魔杖是有魔法的唷。」奇奇大叫。「啊哈！嚴厲先生，說不定我能施展出非常強大的魔法呢，你要小心啦！」

「奇奇，走吧。」彼得悄悄說。「我們趕快去找許願椅，然後飛走。」

「但是，離開之前我想拿回我的洋娃娃蕾蕾。」茉莉說。「彼得，你是不是忘了你的火車頭和其他玩具了？我們要把它們一起帶走。嚴厲先生，把玩具還給我們！」

「我才不要。」嚴厲先生說，他拿出一把大鑰匙，對他們晃了晃。「看到這支鑰匙了嗎？這是儲藏室的鑰匙，我已經把儲藏室上鎖了。現在，你們永遠也拿不回你們的玩具了！」

「等著瞧。」奇奇說。「我們等著瞧，嚴厲先生！」

13 回家！許願椅，回家！

嚴厲先生憤怒的瞪著奇奇，奇奇不斷揮舞魔杖，不讓嚴厲先生靠近。

「你最好做好心理準備，你是拿不回玩具的。」他說。「不要再揮那支可笑的魔杖了，你很快就會把魔杖裡的魔法用完。」

奇奇的確有點害怕會把魔法用完。這支魔杖很新，裡面還沒有太多強大的魔法。「我想，最好在魔杖裡的魔法用完之前，趕快離開。」他輕輕的對彼得和茉莉說。

他們從門口飛也似的跑了出去，嚴厲先生跟在後面。但是嚴厲先生才剛走出門，就突然撞上了一大群不知道從哪裡蹦出來的棕精靈，他跌了一跤！等他站起來的時候，兩個孩子和奇奇已經不見了。

他想要跑到花園去，但又再度被一大群棕精靈絆倒。現在，他們一點也不害怕嚴厲先生了，因為奇奇把嚴厲先生的木棍——也就是魔杖——拿走了！

奇奇和兩個孩子跑去找許願椅。藏許願椅的樹叢是哪一個呢？啊，是這一個！他們跑向樹叢——但是，喔天啊，許願椅不在樹叢裡！

「一定有棕精靈找到許願椅，然後把椅子拿走了。」奇奇說。就在這個時候，眨眨跑了過來，拉住奇奇的手臂。

「我找到了你們的許願椅，把它藏到小屋子去了。」他說。「我擔心嚴厲先生在花園散步的時候會看到椅子。跟我來，我帶你們去找椅子。」

眨眨帶著他們三個人跑向一間破舊的小屋，小屋一邊的屋頂破了一個洞，牆上一扇窗戶也沒有，所以裡面很黑。奇奇摸索著走進小屋，然後立刻被許願椅絆倒了。他緊張的摸了摸椅腳，想知道椅子的翅膀還在不在。太好了！謝天謝地，翅膀還在！

翅膀感受到奇奇緊張的雙手時，溫柔的拍動著。許願椅發出輕柔的吱嘎聲。奇奇知道，許願椅很高興能再次見到他。

「許願椅，我們必須趕快離開。」奇奇說，他爬上許願椅。「彼得、茉莉，快來——快點，不然嚴厲先生就要來了！」

「那眨眨怎麼辦？我們不是要帶他一起走嗎？」茉莉說。

「喔——你們真的願意帶我走嗎？」眨眨快樂的說。「你們真是太好心了。我討厭這間學校，一直想要逃離這裡。」

他和兩個孩子剛擠上許願椅的時候，突然有人出現在門口——是嚴厲先生！

「原來你們在這裡啊！」他看著屋內說。「一個都沒少，還加上了一張許願椅！這下子，我知道你們是怎麼跑進學校裡的了。很好，我要把這扇門鎖起來，這麼一來，你們就飛不出去了，這裡一扇窗戶也沒有！」

眨眨從椅子上跳下來、跑向嚴厲先生。他試圖把嚴厲先生手上的鑰匙搶走，兩個人在門口搶來搶去。

「快從屋頂的破洞飛走，快從那裡飛走！」眨眨突然大喊。「許願椅剛好可以從那裡擠出去！」

許願椅飛了起來，往屋頂的破洞飛過去。擠到一半的時候，許願椅被卡住了，但是彼得把屋頂的破洞弄得更大一點，椅子立刻衝了出去，飛到半空中。

「喔，可憐的眨眨——我們就這麼把他丟下了。」茉莉喊著，她快哭了。「我們不能丟下他！」

「快走，許願椅，快帶他們走！」眨眨在小屋下面大喊。「別救我了！能走就快點走。」

許願椅聽見他的話之後，便飛走了。

奇奇和彼得很安靜，茉莉用手帕擦拭著眼睛。「我以為你們兩個會讓許願椅下去，試著把眨眨救走。」她說。「丟下他是不對的。」

「我們會回去救他的。」奇奇握著茉莉的手說。「但是，親愛的茉莉，妳要知道，我們還要為妳著想。我和彼得都知道『我們必須好好照顧妳』，因為妳是女孩子，我們必須為妳著想。對不對，彼得？」

「沒錯。」彼得說。「茉莉，妳是妹妹，妳知道的，哥哥應該要好好照顧妹妹。剛剛嚴厲先生氣極了，要是帶著妳下去的話，妳可能會有危險，我不能這麼做。別擔心，我們之後會回去救眨眨的。」

「之後也會把玩具帶回來嗎？」茉莉帶著鼻音說。「你們這麼做是為了照顧我，謝謝你們。但是，我還是替眨眨感到難過，而且我們把蕾蕾也丟在那裡，真是太糟糕了。」

「還有我的火車頭，」彼得憂慮的說，「還有保齡球瓶跟玩具士兵。」

「我們會把玩具全都拿回來的。」奇奇安慰他們。「等著瞧吧。」

許願椅用強壯的翅膀帶他們回到遊戲室。它的翅膀又大又美，茉莉很高興許願椅的翅膀變強壯了，如今她和彼得都變重了，許願椅的確需要變得強壯一點。

他們回到遊戲室、飛進門裡。許願椅發出嘆息一樣的吱嘎聲，回到它原本的位置。翅膀立刻消失了。

「啊！翅膀不見了。」茉莉說，她又想哭了。「我們今天不能回去救眨眨了。」

「啊──真糟糕。」奇奇說。「只能等許願椅再次長出翅膀了。不過，這麼一來，我們就有時間想好計畫、把玩具拿回來。這很困難，你們應該都知道，如果儲藏室上了鎖，嚴厲先生又隨身攜帶鑰匙的話，我們是沒辦法拯救玩具的。」

這時，媽媽的聲音從花園裡傳了過來。「孩子們！下午茶時間已經過了，你們也沒有回來吃午餐。你們在哪裡？」

「喔，天啊──我們得走了。」茉莉說。「而且我們一個計畫都還沒想出來。奇奇，要是許願椅長出翅膀，一定要立刻告訴我們。還有，你一定、一定要想出一個好計畫。」

「可以的話，今天晚上過來找我。」奇奇說。「可能會有客人來找我，他能幫助我們。」

媽媽又在叫他們了，這次的聲音顯得有點不耐煩。兩個孩子飛快的跑過去。幸好，媽媽以為他們在遊戲室裡吃過東西了，沒有提出太多難以回答的問題。

「我很抱歉今天早上要求你們離開房間。」她說。「我想，你們並不是真的調皮，只是太緊張了，才會打翻咖啡和餅乾。沒關係——我想你們應該很高興不用待在房間裡陪客人吧！」

「的確是這樣。」茉莉誠實的說。「媽媽，我覺得，妳應該會很高興我們今天沒有礙到妳。」

「好了，來吃下午茶吧。」媽媽說。

兩個孩子都很希望奇奇能一起享用下午茶。今天，在嚴厲先生的學校裡，奇奇沒有吃到午餐，他一定很餓。或許，他會出門和妖精朋友一起享用下午茶、大吃一頓。

「好了，爸爸和我今天晚上要出門。」用完下午茶後，媽媽說。「吃完晚餐半小時後，要準時上床，我們很晚才會回來，不要等我們。」

「好的，媽媽。」彼得說。他立刻決定晚餐後到上床前這段時間，要到遊戲室去。那時候，奇奇的客人可能已經到了，和他見面一定很有趣。奇奇的客人總是很奇妙，有時候甚至會讓他們覺得很刺激。

媽媽穿上漂亮的晚宴洋裝，和爸爸一起向兩個孩子道別，接著就出門了。兩個孩子完成媽媽交代的工作後，發現已經到了晚餐時間。女僕珍幫他們準備的晚餐是切成薄片的香蕉，上面淋了一些糖漿和大量的酪奶。

「喔——」茉莉說。「這是我最喜歡的晚餐。」

吃過晚餐後，他們溜到遊戲室去。奇奇不在那裡，不過他在桌上留下了一張紙條。

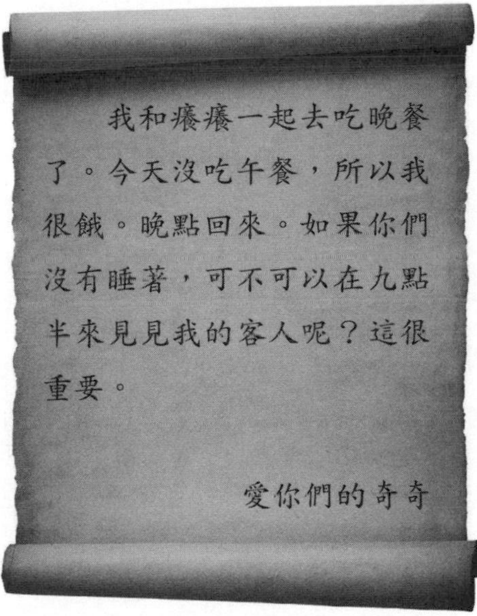
我和癢癢一起去吃晚餐了。今天沒吃午餐，所以我很餓。晚點回來。如果你們沒有睡著，可不可以在九點半來見見我的客人呢？這很重要。

愛你們的奇奇

「我知道了。」茉莉說。「彼得，我們可以現在就上床睡覺，晚一點花半小時溜出來見奇奇的客人，這樣就不會感到內疚了。奇奇說這件事很重要，我們一定要來見他。」

今天，他們的上床時間比平常早半個小時。

兩個孩子都睡著了——彼得在九點半的時候醒來，他設定了九點半的鬧鐘，再把鬧鐘放到枕頭底下。鬧鐘響的時候，因為被蓋在枕頭下面，彼得馬上就醒了。他穿上睡袍，跑去叫醒茉莉。

「走吧！」他用氣音說。「九點半了，打起精神來！」

茉莉也穿上睡袍，兩個孩子從通往花園的門溜了出去、跑向遊戲室。他們站在門口偷偷往裡面看。沒錯——奇奇的客人來了。但是，天啊，這位訪客真是太讓人驚訝了！

14 小熊先生的奇妙大軍

奇奇注意到兩個孩子在門口偷看，就從沙發上站起身、叫他們進來。「晚上好！很高興你們來了。進來吧，我的老朋友來了，我想要介紹你們認識。」

那位老朋友站了起來。你覺得他會是什麼呢？他是一隻好高好高的泰迪熊，而且他好老，老到頭髮都變成灰色的！他沒有兩個孩子那麼高，但又比奇奇高一點。

「這是小熊先生，泰迪熊村的村長。」奇奇說。泰迪熊禮貌的鞠躬、和兩個孩子一一握手。四個人都坐了下來，兩個孩子和奇奇坐在沙發上，泰迪熊坐在許願椅上。

「希望你們不會介意我坐在許願椅上。」他彬彬有禮的對兩個孩子說。「但是，能坐在許願椅上真是一件非常榮幸的事，我以前從來沒有看過許願椅。」

「我們完全不介意，很開心你喜歡許願椅。」彼得說。「我只希望許願椅現在就能長出翅膀，這麼一來，它就可以載你飛一小段路了。一開始你會覺得乘坐許願椅飛起來有點奇怪，但習慣之後就會覺得很開心。」

「我剛剛已經告訴小熊先生，你們的玩具被嚴厲先生拿走了，而且他不願意歸還。」奇奇說。

「我認為，嚴厲先生必須歸還玩具。」小熊先生認真的說。「我在此提議，我可以在玩具國號召一小支軍隊，前往嚴厲先生的學校。」

彼得和茉莉又驚又喜的看著他。這聽起來就像做夢一樣，而且是非常刺激又好玩的夢。玩具國的一支軍隊！媽媽咪呀——誰聽過這種事情？

「小熊先生在玩具國有很大的影響力。」奇奇解釋。「正如我剛剛說的，他是泰迪熊村的村長，大家都很尊敬他、欽佩他。事實上，他已經領導泰迪熊村將近一百年了。」

「你真的已經一百歲了嗎？」茉莉驚奇的問。

「正確來說，我現在是一百五十三歲。」小熊先生禮貌的輕輕鞠躬。

「我在五十四歲的時候，成為泰迪熊村的村長。」

「擔任泰迪熊村的村長，是一件很困難的事嗎？」彼得問。

「嗯，並不會——只要在對待年輕的泰迪熊時態度堅定，當村長這件事就不算太難。」小熊先生說。「你知道的，年輕的泰迪熊都很瘋狂。好了，讓我提出建議吧。我會派出木頭玩具士兵、發條動物和水手娃娃——當然，還有我手下的所有泰迪熊，我會叫他們到某個地點和我碰面。他們一定會成為陣容堅強的軍隊。」

「然後，你們就要前往學校了，對嗎？」奇奇說。「等你打敗嚴厲先生，就可以救出洋娃娃蕾蕾還有其他玩具了？」

「沒錯。」小熊先生說。

「我們也可以去嗎？」彼得興奮的說。「我想要親眼看著這支軍隊打敗嚴厲先生。」

「要是軍隊聚集的時候，許願椅能長出翅膀就好了。這麼一來，我們就可以在軍隊進入學校的時候，在空中觀賞。」茉莉說。「但是，每次我們希望許願椅長出翅膀，它都不長翅膀。」

「軍隊集結的時候，我會通知你們。」泰迪熊說。「可能是明天晚上。好了，我該走了。奇奇先生，謝謝你的邀請，我度過了一個美妙的夜晚。」

他和三個人握握手，走出門。

「他真是個好人，不是嗎？」奇奇說。「他和快指姨婆是朋友，他們認識很久很久了。你們知道的，我以前常常在姨婆家見到他。我把蕾蕾和其他玩具的事，還有嚴厲先生不願意把玩具還給我們的事都跟他說了。我覺得他應該願意幫忙。」

遊戲室的鐘指向了十點。「我們要回去了。」茉莉嘆了一口氣。「我們只打算偷溜出來半個小時。奇奇，今天晚上真是太有趣了。我們很幸運，能夠擁有你這樣的朋友，也很幸運能認識你的朋友，我們覺得很開心。」

他們回到床上，心裡想著：說不定明天晚上，泰迪熊就要聚集那支有趣的小軍隊了，希望許願椅明天晚上就能長出翅膀。

隔天，兩個孩子一直到下午茶時間才有空到遊戲室，因為這天早上，媽媽帶他們去見外婆了。回到家後，他們立刻跑進遊戲室，奇奇正興奮的等著他們。

「你們來了，我真是太開心了。許願椅長出小突起，翅膀馬上就要長出來了！泰迪熊剛剛通知我，軍隊已經往學校前進了！」

「喔——我們真是幸運！」兩個孩子異口同聲的大喊、跑向許願椅。當他們跑到許願椅前，椅腳上四顆樹瘤一樣的小突起破裂開來，黃綠相間的可愛翅膀再次長出來了！翅膀立刻拍動了起來，帶起了一陣微風。

「快來。」彼得坐到椅子上。「我們走吧！還有，奇奇，可以的話，別忘了把眨眨從那間可怕的學校裡救出來。如果他不能回家的話，可以和你一起住在遊戲室裡。」

茉莉坐上椅子，奇奇則坐上椅背，許願椅飛出門，用最快的速度前進。他們要求許願椅前往嚴厲先生的學校。「但不要降落到學校裡。」奇奇命令。「只要在學校上面繞圈就好了，這麼一來，我們就可以觀賞下面發生的事，需要的時候再降落。」

沒多久，許願椅就抵達嚴厲先生的學校，開始在大門上面繞圈。不遠處，嚴厲先生正帶著棕精靈在學校裡來來回回的練習齊步走。

走到一半，有些棕精靈看到許願椅在空中繞圈，立刻發出了響亮的叫聲。「你們看！他們回來了！快替奇奇、彼得和茉莉歡呼！」

嚴厲先生也向上看。看上去，他正憤怒的彎下腰，在孩子們驚恐的目光中撿起了一塊大石頭。石頭直直朝著他們飛了過來，但是許願椅輕輕向旁邊一跳，石頭就從他們旁邊飛了過去，一點也沒有傷害到他們。

接著，奇奇用手肘推了推兩個孩子。「軍隊來了，你們快看！」

兩個孩子仔細一看——天啊，那邊的小路走來了一支奇怪的小軍隊，孩子們作夢也想像不出來！走在最前面的是灰頭髮的泰迪熊，手中揮舞著一把短劍；接著是一整排的木頭玩具士兵，他們正在打鼓；然後是另一整排的玩具士兵，他們在吹喇叭，後面則是一大群發條動物。

「那是跳來跳去的袋鼠！」奇奇滿足的大喊。「還有正在跳舞的大熊！」

「那裡還有正在跑步的狗，跟正在走路的大象！」茉莉愉快的說。

「你們看，有一隻倒過來走的豬，跟搖搖擺擺的鴨子！」彼得大叫，他太興奮了，差點就從許願椅上掉下去了。「走在他們後面的是水手娃娃，他們看起來真是聰明透頂！」

這支奇怪的軍隊走到了大門口。發條袋鼠從大門上方跳了過去，解開鎖、把大門打開，讓軍隊走進學校裡。

棕精靈比嚴厲先生還要早看到這些玩具，他們開心的大喊大叫、跑到門口。「你們是誰？你們從哪裡來？」他們大叫。「我們可以跟你們玩嗎？我們在學校裡從來都沒有玩具！」

「我們來找嚴厲先生，
我們不喜歡嚴厲先生，
我們要捕捉嚴厲先生，
我們來找嚴厲先生！」

所有玩具一起唸誦。

嚴厲先生瞪著他們，不敢相信自己的眼睛。「抓住他！」泰迪熊大吼一聲，玩具便衝過去抓他了。嚴厲先生轉身就跑，但是跳來跳去的袋鼠跑到他的雙腿之間，把他絆倒了，於是嚴厲先生跌得四腳朝天，開始大聲求饒！

玩具們全都開開心心的跑到了他身上。

「不要拉我的頭髮！不要剪掉我美麗的鬍子。」嚴厲先生拜託他們。

泰迪熊似乎打算用短劍割斷嚴厲先生的鬍子，兩個孩子和奇奇坐在許願椅上，從空中看著軍隊，他們的心情和玩具及棕精靈一樣興奮。

「想要我放過你的鬍子，就必須答應一個條件。」泰迪熊嚴肅的說。「把你關在這裡的玩具拿出來，交給我們。」

嚴厲先生站起身、跑進了屋裡，看起來嚇壞了。他走出來時，把全部的玩具都帶出來了。茉莉看到蕾蕾的時候，高興的尖叫了一聲。

「連長翅膀的茶壺都在這裡。」彼得滿意的說。許願椅向下飛到嚴厲先生面前，兩個孩子把他手中的玩具全都拿走。茉莉快樂的抱住蕾蕾。

「謝謝你。」她對灰頭髮的泰迪熊說。「你和你的軍隊真的非常、非常棒。歡迎你有空的時候帶他們來拜訪我們。」

棕精靈圍繞在許願椅周圍。「帶我們一起走、帶我們一起走。」

「許願椅只能再坐一個人，那個人就是眨眨。」奇奇堅定的說。「眨眨，來吧。」

眨眨坐上許願椅，小小的臉上掛著大大的微笑。許願椅上升到空中。「再見、再見！」奇奇對其他人大喊。「如果嚴厲先生對你們太壞的話，請告訴我們，我們會再次派軍隊過來！再見！」

他們離開了，所有玩具和棕精靈都瘋狂的向他們揮手。嚴厲先生沒有揮手，他看起來非常悲慘，但是沒有人替他感到難過，就連茉莉也沒有！

15 前往甜點國！

夏天一天接著一天的過去了。許願椅似乎冒險夠了，安安靜靜的待在角落，連一隻翅膀都沒有長出來。

一天，奇奇跑到房子外敲了敲兩個孩子的窗戶。他們立刻跑了過去。

「許願椅又長出翅膀了嗎？」彼得激動的問。奇奇搖搖頭。

「沒有。我不是要說這件事，我是來給你們看這個的。」

他把一張紙放在兩個孩子的手上，上面寫著：

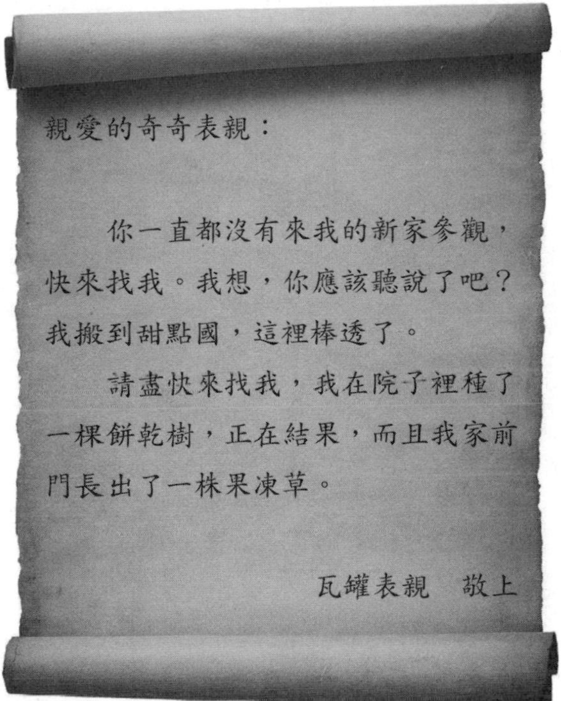
親愛的奇奇表親：

你一直都沒有來我的新家參觀，快來找我。我想，你應該聽說了吧？我搬到甜點國，這裡棒透了。

請盡快來找我，我在院子裡種了一棵餅乾樹，正在結果，而且我家前門長出了一株果凍草。

瓦罐表親　敬上

「哇！你的表親真的住在甜點國嗎？」茉莉期待的問。「奇奇，你真幸運，到那裡之後，想吃多少甜點就可以吃多少。真希望我們能一起去。」

「我就是來問你們這件事。你們要不要跟我一起去？」奇奇說。「瓦罐表親不會介意的，他是個很好的人。不過，我一直覺得他有點貪吃。我想，這就是為什麼他會在甜點國買房子。這麼一來，他就可以有好多東西吃了。天啊，在甜點國，隨便一個樹籬都可能長滿巧克力棒。」

兩個孩子覺得甜點國聽起來太棒了，真想立刻過去。

「我們不能馬上過去。」奇奇說。「要等許願椅長出翅膀才能去。甜點國離這裡太遠了，只能坐許願椅去。」

「真是太令人失望了！」茉莉說。「光想著到我們可以去甜點國，我就覺得好餓喔。奇奇，那眨眨呢？他也可以一起去嗎？」

眨眨從嚴厲先生的學校離開、跟他們一起回到遊戲室之後，和奇奇一起睡了一晚。隔天，他跑去告訴他的家人，他不會再回去嚴厲先生的學校了。他帶了一些行李回來，有時在遊戲室和奇奇一起睡，有時去找他的朋友，他非常滿意現在的自由生活。

「如果眨眨剛好回來的話，就可以跟我們一起去。」奇奇說。「我不知道他現在去了哪裡。他真的很調皮，妳知道的，不過他是個好人，而且很有趣。我聽說，他在某一天晚上遇見了我的表親自己睡，可憐的自己睡那時候在平原上的一棟小屋中睡得很熟，眨眨卻帶了兩隻迷路的驢子過去，叫那兩隻驢子和自己睡擠在一起睡覺。」

「喔，天啊——然後呢？」茉莉說。

「這個嘛，自己睡當然被吵醒了，他想要把驢子趕出去，」奇奇說，

「結果其中一隻驢子用後腳踢中了自己睡，自己睡飛到天上，被一朵好大的雲卡住了，在上面掛了很長一段時間。」

「嗯，雲朵倒是很適合自己睡。」茉莉說。「眨眨調皮得像猴子！」

「沒錯，我一點也不驚訝眨眨的家人會把他送到嚴厲先生的學校去。」奇奇說。「好了，那麼，你們要不要跟我一起去甜點國呢？」

「當然要。」兩個孩子說。「你不需要問第二次。」

隔天是雨天。兩個孩子打算跟以前一樣前往遊戲室時，媽媽要他們撐一把大傘過去。「今天下的是傾盆大雨。」她說。

他們走到遊戲室門口後，馬上就把傘上的雨滴甩掉。奇奇愉快的聲音傳了過來。「茉莉、彼得，是你們嗎？許願椅剛剛長出翅膀了。」

「喔，太棒了！」茉莉大喊著跑進遊戲室。沒錯，許願椅已經在拍動黃綠相間的翅膀了。

「但外面的雨很大。」彼得一邊試著把大雨傘收起來，一邊看向門口。「在雨裡面飛行，我們很快就會淋溼了。」

「我們可以撐傘呀。」茉莉說。「這把傘夠大，可以替我們三個人擋雨。」

「是我們四個人才對。」眨眨從櫥櫃裡跳了出來，對他們微笑。「我才剛回來沒幾天呢。我怕進來的人是你們的媽媽或是其他人，所以躲到櫥櫃裡去了。」

「喔，眨眨，真高興你也能一起來。」茉莉說。「奇奇，我們可以走了嗎？馬上走？」

「有何不可！」奇奇說。「彼得，不用把傘收起來了，我們現在就出發！你可以在飛行的時候，幫我們撐傘。」

很快的，四個人都坐到許願椅上、飛進雨中。彼得把大傘撐在他們頭上，因此，雖然他們的腿有一點溼，但其他部位都很乾燥。

「甜點國離這裡很遠，希望許願椅能飛快一點。」奇奇說。「這次的飛行過程應該會有些無聊，因為烏雲擋住視線了，我們什麼都看不到。」

許願椅突然開始往上升，穿過一層層灰紫色的雲，飛得更高、更高、更高——然後，終於穿過了最後一層烏雲，孩子們發現，現在已經飛到最高的雲上方了，這裡陽光普照。

「哇！」彼得試著把傘收起來，說：「許願椅，你真是太聰明了。現在，我們很快就會變得溫暖又乾燥。這把傘真煩人，怎麼收不起來。」

所以，彼得只好讓雨傘保持打開的狀態；接著，他們發現不收雨傘其實是件好事，因為當眨眨試著抓住一隻時速六十英里的燕子時，他失去了平衡，從許願椅上掉下去了！幸好他在掉下去的時候抓住了傘，所以下降的時候，正好可以把雨傘當作降落傘用！

「眨眨，你真聰明！」奇奇說。許願椅衝了下去，在雨傘旁邊盤旋，好讓眨眨能夠爬回椅子上。「不過，希望以後你能先確保附近有一把打開的雨傘，再去抓燕子！」

眨眨的臉色蒼白，坐在椅子上喘著氣。「嚇死我了。」他說。「真的嚇死我了。」

「嗯，下次掉下去的時候別害怕。」茉莉說。「你可以跟奇奇一樣。上次奇奇掉下去時，他把自己變成了一片巨大的雪花，輕輕落在地面上！他變回妖精的時候，身上連一塊瘀青都沒有。」

「真是太聰明了。我一定要記住這個方法。」眨眨說。「我說啊，許願椅是不是飛得很快？」

許願椅的確飛得很快，比燕子還要快，飛過好幾英里又好幾英里的田地，這些田地就像彩色地圖，分布在孩子們的腳下，綿延得好遠好遠。兩個孩子從雲朵間的開口，看到了這些田地。

「瓦罐表親是個什麼樣的人？」茉莉問。

「這個嘛，他有一點胖。」奇奇說。「現在他住到甜點國去了，我覺得他會比以前更胖。雖然他很貪吃，但是他的個性親切又慷慨。在吃冰淇淋這件事上，他可以輕輕鬆鬆打敗茉莉。」

「真的嗎？」茉莉說。「喔，奇奇，快看！我們在下降了，到了嗎？」

他們不斷下降、不斷下降，穿過一層層雲朵。當他們抵達所有雲朵下方，他們發現雨已經停了。奇奇仔細看著下方。

「沒錯，我們到了。好了，你們三個人要記好——你可以吃樹叢、樹籬和樹木上長出來的任何東西，但是千萬不要吃掉別人的房子。」

彼得和茉莉吃驚的看著他。「吃掉別人的房子！這麼說來，那些房子是用可以吃的材料蓋成的囉？」

「我的天，當然是呀。」奇奇說。「在甜點國，所有東西都可以吃，連煙囪也可以吃！煙囪通常都是用杏仁糖做的。」

許願椅降落在地上。孩子們立刻跳了下來，急著想要參觀奇妙的甜點國。他們看了看周圍。

茉莉睜大雙眼。「快看！彼得，快看！那棵灌木叢長出了葡萄乾麵包。是真的，你們看。那裡的樹叢長出了形狀奇怪的水果，是巧克力條！」

「快看看那棟房子！」彼得大喊。「上面的裝飾全都是用糖粉做的，不覺得很漂亮嗎？房子的牆上有好多銀色小球，前門上面也有。」

「快看看草地上的這些怪花！」茉莉大叫。「我敢說這些花一定是果醬餡餅！奇奇，我可以摘一個嗎？」

「想摘多少就摘多少。」奇奇說。「這些花都是野生的。」

茉莉摘了兩個。「這塊餡餅裡面是黃色的，是檸檬醬；另一塊餡餅裡面是紅色的，是覆盆子醬。」她邊吃邊說。

「我們最好先去找瓦罐表親。」奇奇說。「沒有受到邀請的人不能來甜點國，我們最好先找到瓦罐，這樣才能告訴別人『我們是瓦罐的客人』。我可不想被抓起來，這裡還有好多好吃的果醬塔、葡萄乾麵包和巧克力餅乾在等著我們呢！」

奇奇詢問路人瓦罐表親的住處。幸運的是，瓦罐的家就在附近。他們趕往瓦罐家，很快就看到一間平房。房子是圓形的，屋頂是平的。

「天啊，這間房子是蛋糕的形狀！」茉莉大喊。「你們看，牆上黏了一些櫻桃，屋頂上是不是還有一些堅果呀？就像蛋糕上會有的裝飾。喔，奇奇，我覺得你的表親一定就住在這間蛋糕屋裡！」

「嗯，住在這裡，他就不用經常去買東西了。」奇奇笑著說。「他只要待在家裡，就可以把牆壁吃掉了！」

他們走到門前，發現這扇門看起來像是用麥芽糖做的。奇奇敲敲門，開門的是一位非常、非常胖的妖精！他歡樂的撲向奇奇，差點就把奇奇撞倒了，接著他大聲的親了奇奇的臉頰。

「奇奇表親！你終於來找我了！」他大喊。「跟你一起來的這些好心人是誰呀？」

「這是茉莉、彼得、眨眨。」奇奇說。

「很高興能認識你們。」瓦罐說。「好啦——想不想先去看看我的餅乾樹呢？看完之後，我們可以來一趟覓食散步，看看能找到什麼東西！」

16 甜點國的下午茶時光

瓦罐帶他們去看餅乾樹。餅乾樹妙極了，樹上的小花綻放之後會變成棕色的餅乾，還是巧克力口味的！它們全都掛在樹上，看起來非常美味。

「想摘多少就摘多少。」瓦罐大方的說。「餅乾樹會連續開花好幾個月。」

「能有一棵餅乾樹實在太幸運了！」茉莉說。她摘了兩、三個餅乾然後吃掉它。

「這個嘛，天氣很熱的時候就沒那麼好了。」瓦罐說。「妳知道的，天氣熱的時候巧克力會融化嘛。前幾天下午，我被餅乾樹氣壞了。那天天氣很熱，我坐在餅乾樹的陰影下，然後我睡著了，陽光融化了餅乾上的巧克力，滴得我全身都是。我站起來的時候，整個人慘兮兮的！」

每個人都大笑起來。他們吃了很多餅乾，接著茉莉想起了另一件事。

「你寫給奇奇的信裡說，你有一棵果凍植物。」茉莉說。「我們可以看看果凍植物嗎？」

瓦罐帶他們繞回前門。接著孩子們發現，原來他們剛抵達這裡的時候忽略了一棵植物。那是一株攀爬在門上的藤蔓，藤蔓上開著奇怪的花，看起來又大又平，就像白色的盤子。

「白花的中間裝滿了各種顏色的果凍！」茉莉大喊。「天啊——我們在甜點國的時候，不管走到哪裡都應該在腰帶上掛著湯匙和叉子！」

「嗯，通常，我們的確會這麼做。」瓦罐說。「我去幫你們拿湯匙，你們可以吃吃看這株果凍植物上長出來的果凍。」

果凍非常好吃。「真想再吃幾個果凍，」茉莉說，「但是我也想要留一點肚子給其他甜點。瓦罐，我們可以去散步了嗎？」

「當然可以。」瓦罐說。他們立刻出發，每個人都帶著一支湯匙。這真是他們遇過，最讓人興奮的散步了。他們摘下了跟葡萄一樣，長在樹籬上的糖果，還發現了一條小溪，裡面流動的不是水而是薑汁汽水，又在樹叢上找到了肉餡派。

薑汁汽水很好喝，不過他們都沒有帶杯子，只好趴在溪邊，像小狗一樣用舔的喝汽水。

「我應該帶一、兩個陶瓷馬克杯來的。」瓦罐說。「我們等一下還會經過檸檬汁河流。」

「這裡有沒有長冰淇淋的植物呢？」茉莉渴望的說。

「有喔。」瓦罐說。「但是，想吃冰淇淋的話，要往下走到涼快谷去。這裡太陽很大，太熱了，冰淇淋剛開花就會馬上融化。」

「涼快谷在哪裡呢？」茉莉說。「喔——在下面呀。那我要去涼快谷。」

茉莉找到了一株枝幹粗壯的植物，上面有扁平的綠葉，綠葉中間有一顆形狀像是甜筒的花，有粉紅色、咖啡色和黃色的。

「冰淇淋！」茉莉大喊著，然後摘了一個。「喔——是香草口味的。我接下來要吃粉紅色的花，說不定是草莓的。」

「我拿到的是巧克力冰淇淋。」彼得說。

瓦罐和奇奇也和其他人一樣，吃了很多冰淇淋。奇奇終於知道，他的表親為什麼會變得這麼胖了。任何一個住在甜點國的人，一定會變胖。他覺得自己現在也好胖！

「接下來，我們出發去村莊吧。」瓦罐說。「我敢說你們一定會喜歡商店裡的食物，非常美味喔。」

「村莊裡有番茄湯嗎？」彼得問，他最喜歡的湯就是番茄湯。

「我可以帶你們去湯店。」瓦罐說。接著，他的確帶他們進了湯店。湯店是一間非常新奇的商店，店裡有一整排水龍頭，上面全寫著食物的名字，例如：番茄、馬鈴薯、雞、洋蔥、豆子……選擇你想要的水龍頭，轉開後就會有湯跑出來，番茄湯、雞湯……你可以喝任何一種想喝的湯！

「這裡沒有我最喜歡的湯。」眨眨難過的說。「我喜歡胡椒湯。」

「你才不喜歡胡椒湯！」奇奇說。「胡椒湯非常、非常辣。」

「我就是喜歡胡椒湯，但是這裡沒有。」眨眨說。

「那邊有一個上面沒有寫字的水龍頭。」瓦罐說。「它可以流出任何你想要，但是這裡沒有的湯。」

他拿了一個湯盤，走到沒有名字的水龍頭前。「胡椒湯。」他說。水龍頭流出了紅色的熱湯。

「好啦，你要的紅色胡椒湯。」瓦罐把湯盤拿給眨眨。「現在，就讓我們來看看，你是不是真的最喜歡喝這種湯！」

「當然！」眨眨說，他喝了滿滿一湯匙的胡椒湯。但是，天啊、天啊，他馬上就嗆到了，咳嗽時把湯都噴了出來！其他人趕緊替他拍拍背，給他喝一杯冷水。

「這就是你不說實話的後果。」茉莉對眨眨說。「如果你不喜歡胡椒湯，就不應該說你想喝。」

「我只是覺得這樣比較有趣。」可憐的眨眨說。

「嗯，這真的滿有趣的，尤其是你喝下一大匙胡椒湯的時候。」彼得說。「好了，眨眨，要不要再幫你拿一小碗芥末湯呢？」

但是眨眨已經喝得夠多了。「我們趕快離開這間湯店吧。」他說。

「接下來要去哪裡？」

接下來，他們去了一間蛋糕店。店裡放著一排又一排各種形狀和各種顏色的糖霜蛋糕，看起來真是美味！

「你們要不要各帶一塊蛋糕回家呢？」瓦罐說。「你知道的，這不用錢。」

這是甜點國的優點之一，所有人都不需要為任何事物付錢。茉莉看著

一排排蛋糕，其中一個藍色蛋糕上面裝飾著黃色糖霜，茉莉從來沒有看過藍色的蛋糕。

「你覺得，我可不可以挑這個呢？」她說。

麵包師傅看向她。他和瓦罐一樣胖，他的妻子則和他一樣胖。兩個人的臉又圓又小，黑色的眼睛看起來就像葡萄乾。

「妳當然可以挑那個蛋糕。」麵包師傅說。「妳叫什麼名字呢？」

「茉莉。」茉莉說。

「為什麼要問我的名字

呢？」

「嗯，因為這是妳的蛋糕呀，不是嗎？」麵包師傅說。他輕輕點了點蛋糕。接著，蛋糕的正中間突然出現了茉莉的名字！現在，這塊蛋糕真的變成茉莉的蛋糕了。

彼得也得到了一塊上面寫著名字的蛋糕，瓦罐也拿了一塊。奇奇選了一塊漂亮的粉紅色蛋糕，他的名字是白色糖霜做成的。

眨眨的名字寫錯了。蛋糕上寫著「眨眨」，彼得發現名字下面多了兩點，但是眨眨根本沒有注意到，他常常寫錯字。可是彼得注意到了，所以眨眨選了另一塊蛋糕，這次上面的名字是對的。這真是太奇妙了。

「好啦，瓦罐，謝謝你帶我們體驗了一場好玩又好吃的下午時光。」奇奇說。每個人都得到一塊蛋糕可以帶回家。「真不知道要怎麼把這塊蛋糕吃掉。事實上，我覺得自己再也吃不下了。」

他們回到瓦罐家、向瓦罐道別。接著，他們離開瓦罐的房子去找許願椅。眨眨落在最後面，正小口小口吃著蛋糕。其他人都走得很快，他們知道椅子放在哪裡。

這時，他們突然聽到奇奇發出憤怒的喊叫：「快看！眨眨現在做的，正是我說『不可以』做的事！他打碎了一小塊門口的柱子，正在吃它；你們看，他又拿了一小塊窗台，那是薑餅做的窗台！他還把葡萄乾麵包往杏仁糖煙囪丟過去了，他想要把煙囪打碎！」

的確，眨眨正這麼做！可憐的眨眨，他沒辦法瞬間就從壞棕精靈變成好棕精靈。之前，他一直努力表現得很乖，現在他又變得非常調皮了。

喀啦！煙囪斷掉了，眨眨跑過去，掰下一點杏仁糖。這時，有兩個警察出現在轉角！他們聽到東西破裂的聲音，所以來看看是怎麼回事。看到眨眨的時候，他們立刻大聲吹起哨子、跑向眨眨。

「好啦——他現在真的惹上麻煩了。」奇奇說。「他真是傻。」

眨眨被兩個警察抓住後不斷掙扎。他大聲向奇奇求救：「救救我，奇奇，救救我！茉莉、彼得，快來幫幫我！」

「啊哈！」身材比較高大的警察說。「他們是你的朋友嗎？那我們也要把他們抓起來！他們一定跟你一樣壞。」

「快！我們趕快跳上許願椅離開這裡！」奇奇說。「眨眨不管去哪裡都會惹上麻煩，但是我們沒必要跟著惹上麻煩。許願椅在哪裡？」

他們剛剛把許願椅藏在樹叢下，於是便趕緊在原本藏匿的位置找到了許願椅。三個人爬上許願椅之後，奇奇坐到椅背上。這時，身材比較高大的警察正邁著沉重的步伐朝他們跑過來。

「嘿！這是怎麼回事？」他大叫。「那是你們的椅子嗎？」

「沒錯！」奇奇大喊。「這是我們的椅子。回家！許願椅，回家。眨眨，再見了。要是你願意為自己做過的事道歉，他們說不定會放你走。」

許願椅升了起來，高高的飛上天空，身材高大的警察只能在地面上驚訝的喘著氣，他從來沒有見過許願椅。他們很快就消失在警察的視線中。

那天晚上，他們在遊戲室玩搶牌遊戲，這時門被緩緩推開，進來的人正是眨眨！遊戲室裡的三個人驚呼了起來。

「眨眨！你沒有被關起來嗎？」

「有。」眨眨說。「但是牢房的牆壁是巧克力蛋糕做的，所以我吃出了一條通道，輕輕鬆鬆的逃出來了。但是，我的天——我想，我再也不想吃巧克力蛋糕了！今天晚餐吃什麼？」

「巧克力蛋糕。」他們開心的大喊。眨眨飛也似的逃出了遊戲室，不——他現在沒辦法面對任何巧克力蛋糕。

17 令人擔憂的事件

接下來整整一個星期，奇奇都沒有見到兩個孩子，因為他們去海邊了。離開前，他們給了奇奇各式各樣的建議。

「這幾天你可以替我們好好看著許願椅嗎？」彼得說。「要是許願椅長出翅膀，千萬不要丟下我們自己去冒險，也不要讓眨眨把椅子搬走。我很喜歡眨眨，他很有趣，但他實在是調皮到了極點。要是他哪天被送回嚴厲先生的學校，我一點也不意外。」

「我知道。昨天晚上，我還抓到他用我的魔杖練習魔法呢！」奇奇說。「他想要把一個茶壺變成兔子，真傻。」

「沒錯，真是太傻了。」茉莉說。「你不能用一隻兔子來倒茶。奇奇，那你要好好看著眨眨喔。」

「晚上睡覺的時候，不要讓門或窗戶開著，要是許願椅在你睡著的時候長出翅膀，它就會自己飛走了。」彼得說。

「喔天啊——現在這麼熱。」可憐的奇奇說。「把門和窗戶都關起來睡覺會讓我熱死。最近，我都把許願椅跟我的腳綁在一起，這麼一來，要是許願椅想飛走，繩子就會拉我的腳、把我弄醒。這樣應該沒問題了吧？我覺得這是個非常棒的方法。」

「沒錯，的確是個好方法。」彼得說。「嗯，只要你每天晚上都記得把腳和椅腳綁在一起，你就可以開著門窗睡覺。」

「但是你要小心，別讓人偷溜進來把許願椅偷走。」茉莉說。

奇奇露出了擔心的表情。「我開始覺得，你們最好別走了。」他說。「總之，以前每天晚上都是我幫你們看顧許願椅的，不是嗎？目前為止都沒有發生過什麼意外呀！」

兩個孩子笑了起來。「我們想太多了，對不對！」他們說。「親愛的奇奇，再見了。一個星期很快就會過去的，別覺得太寂寞。我想，眨眨應該會常常冒出來找你。」

兩個孩子在海邊度過了非常美好的一週，回來的時候，皮膚都曬黑了。在媽媽准許他們離開房子後，他們立刻跑到遊戲室去找奇奇。

奇奇不在遊戲室，因此兩個孩子四處尋找奇奇留下的紙條。但是，遊戲室裡沒有紙條。「好吧，說不定他只是出去找朋友，幾分鐘就回來了。」彼得說。「我們可以先把從海邊帶回來的海草掛起來，然後把房間打掃乾淨。」

他們花了十分鐘快快樂樂的把帶回的一條條長海藻掛起來，接著打掃房間。他們不在的時候，遊戲室變得非常亂。

「真奇怪，奇奇居然把這裡弄得這麼亂。」茉莉說。她把地毯鋪平，又把一張倒在地上的椅子扶正。

接著，她突然尖叫了一聲。「彼得！許願椅跑到哪裡去了？它不在這裡！」

彼得嚇了一跳，他四處看了看。「天啊！我們竟然沒有在一進遊戲室時，就注意到這件事！許願椅跑去哪裡了呢？」

「我想，可能是奇奇坐上許願椅離開了。」茉莉說。「他應該留下紙條的！我猜，他應該是去他媽媽家了。」

「那他應該很快就會回來了。」彼得說，他走到門口向外看了看。

「他知道我們今天會回家。」

但是奇奇沒有回來。下午茶時間到了，兩個孩子開始覺得擔心。奇奇知道他們今天會回家，一定會在下午茶時間回來才對呀？奇奇喜歡每分每秒都跟他們玩在一起，尤其是他們如今都在寄宿學校念書，每次一走，就是好幾個月。

他們把下午茶和點心帶到遊戲室來，坐下來享用下午茶，但卻覺得很孤單，這時，一個淘氣的小臉出現在門口，是眨眨。

「哈囉！」他說，但臉上卻沒有笑容。他看起來非常難過，走進來的時候顯得十分安靜。

「奇奇去哪裡了？」茉莉立刻問。

「還有許願椅在哪裡？」彼得說。

「兩天前發生了非常糟糕的事。」眨眨說。「我實在不忍心告訴你們。」

聽到這裡，讓兩個孩子非常緊張。他們憂慮的盯著眨眨。「天啊，快告訴我們。」茉莉說。

「嗯，」眨眨說，「那天晚上，我和奇奇一起住在這裡。我拿了一個靠枕睡在地毯上，奇奇則和以前一樣，睡在沙發上。我們覺得累了，就上床睡覺。」

「然後呢？快說。」彼得不耐煩的說。「奇奇到底怎麼了。」

「我睡著了，」貶貶說，「我想奇奇也是。接著，我被一陣恐怖的噪音驚醒，奇奇正在大吼大叫，家具都東倒西歪，天知道發生了什麼事。我把燈打開，你們知道發生了什麼事嗎？天啊，你們應該聽奇奇說過，他總是用一條繩子把許願椅跟自己的腳綁在一起吧。嗯，那天晚上許願椅長出翅膀，我們卻沒有醒來，所以它想自己從門口飛出去，然後——」

「繩子拉住奇奇的腳，把他弄醒了！」彼得說。

「沒錯，許願椅把奇奇從沙發上拉了下來。」貶貶說。「他一定被用力的摔到地板上，我猜奇奇以為有人把他拉下來、以為有敵人在攻擊他。所以，他開始跟家具和地毯搏鬥、大吼大叫，同時，許願椅一直拉著他的腳，想要飛走！」

「媽媽咪啊！」茉莉說。「最後怎麼了？」

「這個嘛，我把燈打開之後，看到許願椅掙扎著飛出門口，而且把奇奇也拖出去了。」貶貶說。「我跑過去想要阻止許願椅，但它已經飛到天上了，可憐的奇奇也被拖到花園去，接著一起飛上天了！」

「那奇奇現在在哪裡呢？」茉莉用顫抖的聲音問。

「噢，茉莉——可憐的奇奇也一起飛走了，他的一隻腳被繩子吊著，頭下腳上。」眨眨流下眼淚。「我試著抓住奇奇，但沒有成功。那時候，他已經升到很高的空中了。」

「這真是太可怕了。」茉莉說。「我們該怎麼辦？你們覺得，許願椅會不會跑去奇奇媽媽家？」

「沒有。我也想過這一點。」眨眨說。「我第二天過去時，奇奇媽媽說她沒有見到奇奇，也沒見到許願椅。她非常擔憂。」

「但是，為什麼許願椅沒有去奇奇媽媽家呢？」彼得疑惑的說。「奇奇可以命令許願椅過去呀。」

「嗯，我想許願椅一定嚇壞了。」眨眨說。「要知道，許願椅不清楚自己和奇奇綁在一起，它無法理解為什麼奇奇要大聲吼叫和掙扎，只能害怕的衝進夜空中。」

「這真是個糟糕透頂的消息。」茉莉說。「奇奇和許願椅都不見了，我們不知道他們在哪裡，該怎麼找到他們呢？」

「我不知道。」眨眨說。他看起來累極了。「我已經跑遍了所有地方，四處問了又問。」

「可憐的眨眨。」茉莉說。「你看起來真的很累。奇奇不見之後，你一定擔心死了。」

「沒錯，我真的很擔心。」眨眨說。「你們知道的，我常常跟他開玩笑。我曾經把他的魔杖藏起來，這讓他非常生氣；我還打破了一個杯子。現在，我覺得非常抱歉，我對他實在很不好。」

「眨眨，有時候，你的表現的確很不好。」彼得嚴肅的說。「你應該要小心一點，才不會被送回去嚴厲先生的學校裡。」

「對，我知道。」眨眨說。

「更糟的是，就算真的知道他們在哪裡，我們也沒辦法搭乘許願椅、飛去救奇奇。」彼得憂慮的說。

「我們要不要去問問咒語先生能不能幫助我們？」茉莉突然說。「他聰明透頂，說不定能想出找到奇奇的方法。」

「妳說得對，這真是個好主意。」彼得說。「眨眨，你應該聽說過咒語先生對吧？我們要不要直接過去呢？我想，我應該記得怎麼走。我們要先去別針村莊，然後再搭公車，接著搭船。」

「對。」眨眨說，他開心了起來。「跟你們聊過之後，我覺得好過多了。」

他們出發了，從花園後面穿越樹籬的出口，接著走進一片草地後，他們開始尋找一圈深色的草環。那圈深色的草環還在，他們坐在草環上，茉莉伸手摸索能夠啟動魔法的小突起。

她找到了突起後按下去，草環飛速向下降落。降落的速度太快了，落地時，他們全都被撞得滾到一旁去。

「媽媽咪啊！」眨眨說。「其實，妳可以先警告我，我們會掉下來。發現屁股下的地板向下降落的時候，我差點就嚇死啦！」

「走吧。」彼得說。「現在要沿著隧道走、經過這些門。我們一定要盡快找到咒語先生。」

他們沿著彎彎曲曲的隧道走，看不見來源的光線依舊照亮著隧道。眨眨想要停下來讀每扇門上面的名字。

「打手心女爵。」他說。「她到底是誰啊？這扇門上面寫的是『小豬派先生』。喔，我們快敲他的門，看看他長什麼樣子。」

「眨眨！快跟上。」茉莉說。「我們在趕時間！」

「等等！」眨眨大喊。「你們看這扇門！你們看上面的名字。喂，茉莉、彼得，上面寫著『咒語女士』！你們不覺得，或許她認識咒語先生嗎？我們問問看她嘛。」

他用力敲響綠色小門。「叩叩、叩叩、叩！」喔，眨眨——你又做了什麼好事？

18 咒語先生的媽媽

「叩叩、叩叩、叩！」

眨眨敲響咒語女士的門之後，敲門聲的回音從地下道傳了過去，嚇得兩個孩子跳了起來。他們生氣的轉過身。

「眨眨！你不該那麼做的！」

「我說過，門牌上面寫的是『咒語女士』呀。」眨眨說。這時，門打開了，一隻有禮貌的黑貓站在門口，肥肥的腰上綁著一件小圍裙。

「下次，如果你們帶文件來的話，請不要這麼大聲敲門。」貓咪禮貌但氣憤的說。「我們正在施展咒語，你可能會害我的女主人在施咒過程中失敗。我們現在想做出的咒語，可以把體積小的物品變大。真的非常令人困擾。」他用力把門關上，差點就打到眨眨的鼻子。兩個孩子跑了過來，彼得氣喘吁吁的喊了一聲。

「我說啊！那隻貓是煤灰呀，是咒語先生的貓！他的綠眼睛好大好大，就像紅綠燈的綠燈閃閃發光！」

「真的是他嗎？」茉莉說。「嗯，我們可以問問他。天啊，說不定咒語先生也在這裡呢！若真是如此，我們可以省下很長的一段旅程。」

「我們還要再敲一次門嗎？」彼得說。「那隻貓看起來真氣憤。」

「我一點也不害怕憤怒的貓！」眨眨勇敢的說，他再次拉起門環敲門。他還在一旁發現了一個鈴鐺，也把鈴鐺拉響了。

「叩叩、叩叩、叩！叮噹、叮噹、叮！」

小豬派先生的門飛也似的打開了，一個憤怒的聲音喊著：「是誰那麼吵啊？等我穿好衣服之後，我就要把你抓起來！」

「那一定是小豬派先生。」眨眨說。「真是的！他又把門關起來了。這樣我們就看不到他長什麼樣子了！」

接著，咒語女士的門也飛快打開，貓咪再次出現了。但是他這次的表現就像一隻真正的貓，他對眨眨發出了威脅的嘶嘶聲，並抓傷了他的手。

當他要再次關上門時，彼得大叫：「我說啊，你不是煤灰嗎？」

貓瞪著他。「是的，我是煤灰。噢，我記得你。你是跟一個女孩一起來救奇奇的那個男孩吧。我還幫助我的主人，一起施展咒語把他叫醒。你們為什麼要猛敲我們的門？」

「其實，我們正打算去找咒語先生。」彼得說。「但眊眊注意到門上寫著『咒語女士』，他就敲門了。他覺得咒語女士可能認識咒語先生。」

「的確如此。咒語女士是咒語先生的媽媽。」煤灰說。「我是來這裡幫女主人施展新咒語的，也就是你們剛剛嚇到她之後，害她失敗的那個咒語。我的主人再過幾分鐘就會來叫我回去了。」

「喔，真的嗎？」彼得開心的大喊。「你覺得，我們可以留在這裡等他嗎？我們非常需要他的幫助。」

「那你們進來吧。」貓說。「不過，我不認識這位棕精靈。你剛剛說他叫眊眊是嗎？他剛剛敲門和拉鈴的方式很沒禮貌，等小豬派先生穿好衣服，就會來抓他了。他一定會被小豬派先生好好打一頓屁股。」

「我不想獨自留在通道裡。」眊眊緊張的說。「如果你讓我進去，我一定會又乖又安靜，還會幫忙。」

「是誰站在門口說話？」一個氣惱的聲音突然傳了出來。「叫他們要進來就進來，不然就請離開。」

「你們最好進來等咒語先生。」煤灰說。他們一一走進門內，煤灰把門關上。眨眨非常開心能離開通道，遠離生氣的小豬派先生。

黑貓領著他們，走進一間非常寬大的房間，裡面有三扇窗戶。兩個孩子看到窗戶外的景色時，覺得相當震驚，暫時忘記了該有的禮貌，所以沒有問候那位坐在房間中央椅子上的老太太。

其中一扇窗戶看出去是海邊！沒錯，是大海，藍得不能再藍了！另一扇窗戶看出去是陽光普照的小山坡；第三扇窗戶看出去是一個普通的後院，洗好的衣服在風中飄呀飄。真是太奇異了。

「很好！」一道聲音抱怨著，「現在的小孩都這麼沒禮貌嗎？看到老太太也沒辦法問個好？」

「喔，天啊。」茱莉說，她覺得非常丟臉。「對不起，咒語女士，我很抱歉，請原諒我們。但是從這三扇窗戶看出去的景色太奇妙了，這裡明明是地下房間，其中一扇窗戶看出去還是海邊。天啊，我以為海邊離這裡很遠很遠呢！」

「很多事不能只看表面。」咒語女士說。「對妳來說很遠的東西，或許對我來說很近。好了，你們剛剛在門口鬧出這麼人的動靜，是想要做什麼？要是我再年輕一點，一定會因為你們在這個崇高的地方鬧出這種動靜，把你們全都變成吱吱叫的老鼠，送給煤灰玩！」

「女士，」黑貓看到老太太越來越生氣，開口說，「女士，這些孩子認識妳的兒子——咒語先生。」

老太太立刻微微一笑。「噢，你們認識我兒子嗎？怎麼不早點告訴我呢？煤灰，請端一些草莓果汁過來，裡面加一點草莓冰，再拿幾片草莓餅乾。」

聽起來棒極了！等煤灰端來銀色的大托盤，把擺得十分漂亮的食物拿上來時，他們發現這些食物就和聽起來一樣棒！

托盤上有粉紅色的草莓果汁，果汁裡面有好多片草莓冰，餅乾中間則放滿了小巧的糖漬草莓。

「真是太可愛了。」彼得說。「非常感謝你。」

這時，門口傳來鑰匙碰撞的清脆聲音。「啊，是我的兒子咒語先生！」咒語女士說。「他到啦！」

咒語先生從門口出現，他看起來和之前一模一樣，身材高大又一臉嚴肅。但是，他這次穿著一件像水一樣閃閃發光的綠色斗篷。見到訪客們的時候，咒語先生顯然非常訝異。

「天啊，我見過你們！」他對孩子們說。「你們還好嗎？希望你們都過得很好。讓我瞧瞧——我以前見過這位棕精靈嗎？有，我見過。你不就是那位把祖母家的豬全都變成藍色的壞傢伙嗎？你叫眨眨對嗎？」

「是的，咒語先生。」眨眨說。

「希望你已經被好好教訓一頓了。」咒語先生說。「為了把那些豬變回正常顏色，我做了好多工作。我想，牠們的尾巴現在還是藍色的。」

聽到這裡，眨眨恨不得地上有個洞讓他跳進去。咒語先生轉向彼得。

「嗯，你是來拜訪我親愛的母親嗎？」他說。

彼得向他解釋為什麼他們會在咒語女士的家裡。接著，他把可憐的奇奇以及許願椅的事都告訴了這位妖術師。

「我的老天爺啊！」咒語先生說。「我們一定要弄清楚許願椅飛到哪裡去了。要是許願椅落入壞蛋的手中，想必會被用來做各種壞事。我們也要找回奇奇，他居然把椅子跟腳綁在一起，真是太傻了！為什麼不把椅子綁在門把上，或者其他東西上就好了呢？」

「我們沒有想到這個方法。」彼得說。「咒語先生，你可以幫助我們找到許願椅和奇奇嗎？」

「當然可以。」咒語先生說。「好，先讓我想一想。你說，這件事發生在晚上，許願椅和以前一樣飛到了天空上？」

「是的。」大家回答。

「嗯，這樣的話……那天晚上，誰會在天上飛呢？誰有可能看到許願椅和奇奇呢？」咒語先生認真的思考著。

「貓頭鷹嗚嗚。」老太太立刻回答。

「沒錯，媽媽。」咒語先生說。「這個主意棒極了。我們找貓頭鷹嗚嗚來，問問他是否知道什麼線索。他是隻非常聰明、觀察力很好的鳥，你們知道的。」他對孩子們說。「他絕不會錯過夜間發生的任何事。」

「那麼，我們現在就出發，去問問他有沒有什麼線索嗎？」茉莉說。

「他住在哪裡呢？」

「喔，我們不需要去找他。」咒語先生說。「我知道更簡單的方法，我會把他叫過來。」

他走到外頭是陽光普照著小山丘的那扇窗戶旁，手拍了拍三下，輕聲唸了一個充滿魔力的字，這個字的魔法多到讓眨眨顫抖了一下。接著，怪異的事情發生了。陽光普照的小山丘陷入黑暗中，就跟夜晚一樣黑暗，樹木後面掛著閃閃發光的小月亮！這真是太奇怪了，而且，另外兩扇窗戶外面的庭院跟海邊，都還是陽光普照的呢！

「我必須讓外頭變黑，否則貓頭鷹不會過來。」咒語先生解釋。「我現在要叫他過來了。」

他把雙手放在嘴巴旁邊，仔細的把大拇指併攏，接著溫柔的吹氣。孩子們又驚又喜的聽見，咒語先生的雙手中傳出貓頭鷹般的嗚嗚叫聲。

「嗚——嗚嗚嗚——嗚呼！嗚——嗚——嗚呼！」

窗戶外傳來了回應的嗚嗚聲。一道黑漆漆的影子飛進屋裡，接著，一隻大貓頭鷹靜靜的降落在咒語先生的肩膀上。咒語先生溫柔的摸了摸有著一雙大眼睛的貓頭鷹，煤灰則在一旁嫉妒的看著他。

「嗚嗚。」咒語先生說。「聽好了。兩天前，一張許願椅飛上了天空中，椅腳上用繩子掛著一位名叫奇奇的妖精。你有沒有看到他們呢？」

「嗚嗚嗚——嗚——嗚！嗚嗚嗚——嗚！嗚嗚呼——！嗚嗚——嗚——嗚——嗚——嗚——嗚——嗚嗚嗚呼！」貓頭鷹用溫柔的嗚

嗚聲回答咒語先生。

「嗚嗚，謝謝你。」咒語先生表情沉重的說。「你可以先走了。」

貓頭鷹靜悄悄的飛走了。過了一陣子，咒語先生輕聲唸出另一個魔法字眼。被月光照亮的小山丘逐漸變亮、變亮……然後，說變就變，太陽出現在樹木後面、月亮不見了，處處都是陽光！

「貓頭鷹說了什麼？」彼得問。

「喔——我忘記你們聽不懂了。」咒語先生說。「嗯，他有看到許願椅，也有看到掛在椅腳上的奇奇，還好奇的跟在他們後面，他說他們飛到了漫步城堡附近，巨人阿扭住在那座城堡裡，他們一定被巨人發現並抓了起來。在那之後，他就沒有再見到他們了。」

這個消息真是糟糕極了。「喔，天啊——我們現在該怎麼辦呢？」彼得說。「可憐的奇奇！」

「我必須幫助你們。」咒語先生說。「我不能讓阿扭擁有那張許願椅。請坐，我們一定要想出一個計畫來！」

19 又是一場驚險的冒險

「今天晚上沒辦法行動。」咒語先生說。「我很確定這一點。總之，首先要做的，就是找出漫步城堡的位置。」

「你不知道漫步城堡在哪裡嗎？」茉莉很驚訝，她覺得咒語先生應該無所不知。

「我知道它去年在哪裡、前年在哪裡，也知道它上個月在哪裡，」咒語先生說，「但我不知道它現在的位置，它可能會漫步到任何地方去。」

「喔——那座城堡會移動嗎？」彼得驚奇的問。

「老天啊，當然會囉！它總是在四處漫步。」妖術師說。「它今天可能在這裡，隔天又會跑到別的地方去。巨人阿扭覺得這座城堡很棒，因為阿扭常常做壞事，經常惹上麻煩。有了這座城堡，他就可以輕輕鬆鬆的在晚上溜走了。」

「想要找到城堡應該非常難，對不對？」茉莉說。「我的意思是，就算知道它現在的位置，等我們趕到的時候，它說不定又跑走了。」

「沒錯。但它也可能連續幾個星期，都在同一個地方休息。」咒語先生說。「眨眨，你在做什麼？」

眨眨跳了起來。「我只是、只是在攪拌鍋子裡的東西而已。」他說。

「看看你的手！」咒語先生怒罵。「你把手放進鍋子裡了，看看你做的好事！你這隻小棕精靈真愛惹是生非！」

眨眨看向自己的手。喔，天啊，他的手變成了淺藍色！他驚恐的看著自己的雙手。

「現在，你終於明白，你祖母的豬被你變成藍色的時候，是什麼感覺了。」妖術師說。「很好，就讓你的雙手保持藍色吧。每次看到手，就可以告訴自己：『我不可以再惹是生非、我不可以再惹是生非。』」

眨眨把手放進口袋裡，似乎非常沮喪。

「好啦，孩子們。」咒語先生說。「我想，剩下的事就由我今晚來處理吧。我會盡力找出漫步城堡現在的位置，然後想出一個好計畫救回許願椅和奇奇。你們可以明天一早過來嗎？」

「可以。我們明天會問媽媽可不可以讓我們出來玩。」彼得說。「茉莉，走吧。咒語先生，謝謝你願意幫助我們。咒語女士，再見。煤灰，再見。」

「若你們願意，可以從這扇門出去。」妖術師說。這時，孩子們突然發現小山丘的那扇窗戶有一扇銀色小門正在發光。他們很確定，這扇門之前並不存在。煤灰替他們打開門。

他對孩子們禮貌的鞠了個躬，但是伸出爪子抓了眨眨一下，讓眨眨一邊大喊大叫，一邊迅速衝出門。眨眨還對黑貓伸出淺藍色的拳頭，揮舞了片刻。

「我們在哪裡啊？」彼得說。他們走下小山丘，太陽已經下山了，四處都是黑影。

「天啊——哎呀，我們的花園在那裡！」

的確，花園就在旁邊而已，真是太奇妙了。「要是大家知道這些既神奇又美妙的地方距離他們的花園這麼近，一定會驚訝的不得了！」茉莉說。她走進花園的側邊入口，往遊戲室走去。「嗯，我們明天就走這條捷徑吧。真想知道另一扇窗戶外面為什麼會是大海。真是讓人搞不懂！」

他們向眨眨道別時，眨眨正試圖用花園的水龍頭洗掉手上的顏色，但是沒有用。接著，兩個孩子去問媽媽「明天能不能整天都在外面玩」。她說：「好，當然可以！」最近是天氣晴朗的夏天，多出門走走對兩個孩子來說，是件好事。

「啊，要是媽媽知道我們要去漫步城堡尋找巨人阿扭，不知道會怎麼說。」彼得說。「她一定不會相信這件事。」

第二天，孩子們一大清早就吃完早餐，接著出發前往後花園和眨眨碰面。他的手和昨天一樣藍，所以他戴了一雙手套。

「喔——眨眨，這雙手套是你從我最大的娃娃那裡借來的。」茉莉說。「你應該先問我願不願意借你，我一定會跟你說：『不行，我不願意借你。』」

「沒錯，我知道妳一定不會借我。」眨眨說。「所以我才沒有問妳啊。茉莉，我會小心使用這雙手套的，真的。妳的娃娃一點也不介意。」

他們走出花園的閘門，看了看四周。昨天那條捷徑在哪裡呢？他們現在完全找不到了！但是眨眨發現了那條捷徑。

「我的眼睛能看見奇妙的事物。」他說。「我能看到草地上有一條正在發光的小路，這是你們看不到的。跟我走。」

「看來，你是對的。」彼得說。這時，眨眨已經帶他們直直穿越草地，走到前一天看到的那座小山丘上的樹林旁。「銀色的小門在那裡！」

他們靠近小門時，煤灰打開了門。眨眨迅速的衝進門內，因此煤灰雖然伸出了爪子，但來不及抓他！

咒語先生在屋內，身邊堆滿了各種文件和老舊的書本。「我媽媽還在睡覺。」他說。「很高興你們這麼早就過來了，我們可以立刻出發。」

「噢——你找到漫步城堡在哪裡了嗎？」茉莉愉快的問。「是你的魔法書告訴你的嗎？」

「魔法書的確幫上了一點忙。」咒語先生說。「煤灰和我施展了一個小小的『找出真相咒語』。漫步城堡現在就在小號巨人的島上，小號巨人是阿扭的弟弟。」

「小號巨人，這個名字真好玩。」茉莉說。

「其實呢，」咒語先生說，「他會叫這個名字，只是因為他比其他巨人還要矮小罷了。好啦，我們最好現在就出發！」

「但是，要怎麼去那座島呢？」彼得說。「我們沒有許願椅，所以不能坐許願椅飛過大海！」

「不要緊。」咒語先生說。「煤灰和我已經把我的船準備好了。」他指了指那扇看出去是奇妙大海的窗戶。

兩個孩子又驚又喜的望向外面，平靜的藍色大海上，一艘美麗的船正輕輕搖晃著，船上張著白色的大帆，這個畫面看起來美極了。

茉莉開心的大喊。「噢——這艘船真美！而且它的名字叫做茉莉號！」

「這是對妳的小小致敬。」咒語先生微笑著說。「此外，據說船在航行時，若能載到同名的客人會帶來好運。好了，要出發了嗎？現在的風勢正好。」

煤灰打開窗戶。窗戶外有一個石製窗台，下面連接著一道階梯，一路通往小碼頭。煤灰走在最前面，他扶著茉莉走下去。

他們全都登上了美麗的白帆船，咒語先生拿起舵。

「吹吧，風兒，吹吧。

　我們就要出發。
　橫越藍色水域。」

他唱著，接著白帆船便像鳥兒一樣，開始迅速向前滑行。
「你唱的是咒語嗎？」茉莉說。
「噢，不是的，只是一首簡單的歌。」咒語先生說。接著他又繼續唱了起來，船輕快的航行過藍色水域。兩個孩子和眨眨都非常享受這一切。茉莉把手放進水裡。
「我們有帶食物嗎？」茉莉突然問。「我餓了！」
「沒有。」咒語先生說。所有人立刻露出了沮喪的表情。「妖術師不需要帶食物。」他接著說。「我總是在口袋裡放能夠召喚食物的咒語。」
很快的，他們就吃吃喝喝了起來，船還在不斷迅速前進。
大約航行了兩個多小時，煤灰發出一聲歡呼：「啊，是陸地！咒語先生，就是那座島。」
「啊哈！」妖術師說。「現在，我們要很小心了。」船迅速航向小島的同時，他們仔細觀察了起來。小島看起來不大，上面擠滿了高大的建築，有些看起來像宮殿，有些看起來像城堡。

「不知道哪一座才是漫步城堡呢？」茉莉說。

「看不出來。」咒語先生說。「現在，我們先到這個小碼頭去。我們先從那邊上岸。你們一定要小心，因為有幾位巨人住在這裡，你們可不想像螞蟻一樣被他們踩扁。」

茉莉覺得狀況聽起來不太妙，她決定緊緊跟在咒語先生旁邊。煤灰被留在船上，這讓眨眨鬆了一口氣。他們一起走向一條非常寬大的街道。

「只要走在建築物牆邊的窄小走道上，我們應該會是安全的。」咒語先生領著他們走到一條走道上。「這裡有巨人，也有許多比較小的生物住在這裡。」

的確如此，有妖精、棕精靈、哥布靈和精靈，但也有巨人。這時，茉莉突然看到一隻巨大的腳，接著又是另外一隻，它們正在街上走動！她畏縮的靠著咒語先生。

巨人走過來的時候，孩子們一起往上看，想要看見他的頭，但他實在太高了。「這是一位大號巨人。」咒語先生說。「我認識他，他是個好人，名叫『太大』。前面這位是比較小的巨人。」

能看到巨人四處走動既刺激又有趣，咒語先生帶著他們走向一座比其他建築物還要矮小的宮殿。

「小號巨人就住在這裡，他是這座小島的主人。」他說。「來吧！我們先問問他，他哥哥的漫步城堡現在在哪裡。別害怕，我的力量比他強大多了，他也知道這一點。」

他們踏上一段好長、好長的階梯。頂端有一扇巨大的門，門後面是一個寬大的大廳。一位巨人坐在大廳的底部，但是他真的很矮小，只有妖術師的兩倍大而已！

「咒語先生，請上前，帶著恭敬的態度面對小號巨人。」一陣巨大的聲音突然從某處傳來。

咒語先生勇敢的向前走去，是時候問清楚他們想知道的事了！

20 巨人阿扭的漫步城堡

咒語先生微微一鞠躬。「你好，小號巨人。」他說。「我能看出，你還沒找到咒語，讓自己變成高大巨人而非小號巨人。我是來問你一個問題的。我們想找你的哥哥阿扭，漫步城堡是不是在你的島上呢？」

「我想應該沒錯。」小號巨人說，他的聲音比其他巨人還要無力。「走上高高小山之後，你就會看到漫步城堡了。偉大的妖術師咒語先生，你為什麼要找我哥哥呢？」

「跟你無關。」咒語先生說。兩個孩子都覺得，他能這樣跟巨人講話實在很勇敢。

「請留下來用餐吧。」小號巨人說。他拍拍大手，發出像是開槍一樣的聲響。「我這裡還有幾位客人，他們和你們一樣重要。」

「謝謝你，不用了。」咒語先生說。「我們要辦的事很緊急，必須先走一步。」

他走回孩子們和眨眨身邊，所有人一起走到門口。但是門已經關起來了！他們無法自己打開這麼巨大的門，只好又走回小號巨人面前，請他派一位僕人來開門。

他花了很長一段時間才找來一位僕人，這是件怪事，因為沒多久前，還有很多僕人在大廳裡。「他在拖延我們的時間。」咒語先生憤怒的說。「他想在我們找到他哥哥之前，先傳訊息警告他：我們追到這裡來了！」

最後，小號巨人終於找來了一位僕人，他打開了門，接著他們一起走下了無止境的台階。他們回到街上、踏進了一條寬大的小巷，旁邊種著兩排跟大樹一樣高的樹籬。接著，他們找到寫著「前往高高小山」的路標。

「高高小山在那裡。」彼得指向一片原野後面，那裡有一座很高的小山。「上面有很多建築，不知道哪一個才是漫步城堡？」

最後，他們終於走到了高高小山，辛辛苦苦的爬了上去。他們看到一位小妖精正往下跑，咒語先生和他打招呼。

「嘿，小妖精！漫步城堡在哪裡呢？」

「我想想，現在的話——我昨天有看到漫步城堡。」小妖精說。

「對，我想起來了。先生，城堡在銀色小黃花田野。」

「銀色小黃花！」茉莉震驚的說。「我從來沒聽過銀色小黃花這種東西。我覺得，我不會喜歡這樣的花，金黃色的小黃花就很美了。」

「我同意妳的看法。」咒語先生說，並且帶他們繞過一間大房子。「但是有些妖術師很愚蠢，他們總是想要做些新奇的事，妳懂的。好啦，我們到了！這就是銀色小黃花田野。」

這裡的確是銀色小黃花田野。銀色的小黃花迎風點頭，就像一張閃閃發光的巨大地毯。「很美，但是看起來像是褪色了。」咒語先生說。「現在的重點是——漫步城堡在哪裡呢？顯然不在這裡！它一定又漫步到別的地方去了。小號巨人一定在我們等他找人開門的時候，即時通知了他的哥哥。好吧，它會漫步到哪裡去呢？」

「你好，先生，我知道它去哪裡了！」一位小哥布靈跑了過來。「它跑去孤獨國了！先生，我不知道你有沒有聽過這個國家。它在大海的東邊，那是一個非常、非常孤獨的國度，沒有人會想去那裡。漫步城堡會一直躲在那裡，直到你們放棄尋找阿扭跟他的城堡。」

「你怎麼會知道？」咒語先生詢問。

「因為我剛剛正躺在這片花海裡休息，那時，小號巨人的僕人跑過來警告阿扭：你們正在找他。」小哥布靈說。「我聽到阿扭說他要去那裡。」

「好的，非常謝謝你。」咒語先生說。「孩子們，走吧，我們要回船上了。我們必須立刻起航到孤獨國，阿扭可以輕輕鬆鬆的躲在那個怪異又荒涼的國度裡好幾年，沒有人找得到他。」

「喔，天啊——我們一定要找到他，這樣才能救出奇奇。」茉莉說。他們回到船上，煤灰很高興他們這麼快就回來了，甚至忘記在眨眨上船時抓他一把。

他們再次出發，風吹鼓了船帆，船像飛鳥一樣滑行。航行時，白帆船輕柔的上下擺動，兩個孩子開始想睡覺了。

他們睡著了。過了一段時間，咒語先生叫醒了他們。「茉莉！彼得！我們到了，起來了。」

他們在船身裡坐起身，白帆船正停泊在一個小碼頭旁。茉莉看向孤獨國，這個地方灰暗又荒涼，長滿了巨大又密集的樹。「孤獨國有很多很多

森林。」咒語先生說，臉色和孤獨國一樣灰暗。「我們要怎麼找出漫步城堡的位置呢？簡直不可能！」

他們上岸後，走向靠得最近的一片森林。當他們走進森林時，聽到了一陣憤怒的喊叫聲。

「每個地方都吵得要死！每個地方！我已經來到這種沒有人會來的地方了，結果居然有一座城堡走過來，差點踩到我！一座城堡！我還以為可以安穩的自己睡呢！」

樹林後面冒出來的，是奇奇的表親自己睡。當他看到兩個孩子、眨眨和咒語先生時，似乎非常驚訝；兩個孩子、眨眨和咒語先生也是。

「自己睡！噢，自己睡，你是唯一會來這裡的人了！」彼得大叫。「你剛剛抱怨的那座城堡在哪裡？那是巨人阿扭的城堡，他把奇奇抓走、關在那座城堡裡了。」

「做得好。」自己睡抱怨。「奇奇淘氣的要命，每次都在半夜跑來打擾我！」

「自己睡，聽好了。」咒語先生說。「如果你帶我們找到城堡，我們可以拯救奇奇和許願椅，還會把邪惡的阿扭趕出城堡。到時候，在孤獨國的這座城堡將會空空如也，你可以獨占它！想想看，你可以獨自一人霸占城堡，沒人會在半夜把你吵醒、沒有人會來煩你！」

自己睡越聽越開心。啊！擁有一座空空如也的大城堡，裡面有上千個房間能睡覺，而且城堡還位於孤獨國的森林之中！棒透了！

「讓我告訴你們城堡在哪裡。」他熱心的說。

他們跟在自己睡的後面，在樹林間東奔西走，沿著沒人看得見的路徑前進。接著，他們終於看到了漫步城堡！城堡站在那裡，隨著風輕輕搖晃，因為它不像其他建築，有真正的地基。它又高、又黑、又灰暗，而且一扇窗戶也沒有！

「到了！」自己睡說。「這座城堡很棒喔，只有一扇門，而且一扇窗戶都沒有，真是太適合我了！」

咒語先生靜靜的看著城堡。只有一扇門，而且沒有窗戶。他們進去之後，會很難逃出來。但是他們一定要進去，這是毫無疑問的事。

「自己睡，你留在門口。」咒語先生終於說。「我們要進去了。」他踏上寬大的台階，走向佈滿圓形凸起的大門。

門打開了，一位巨人站在門口，他有一雙鬥雞眼，臉上還掛著扭曲的微笑。

「請進。」他說。「你們找到我了呀？好吧，我不否認許願椅在我這裡。沒錯，還有奇奇也在這裡，現在你們也被我抓住了。」

但是咒語先生並沒有逃跑，這讓孩子們覺得很驚訝。他往裡面踏了一步，兩個孩子和眨眨也害怕的跟著他往裡面走。阿扭大笑起來。

「比我想的還要容易！」他說。「咒語先生，你們現在要怎麼出去呢？這裡沒有門，而且我敢說你已經發現了，這裡一扇窗戶也沒有！」

兩個孩子轉過頭看向後方。門不見了，他們現在被關起來了，但是咒語先生看起來一點也不擔心。

「奇奇在哪裡？」他說。

「跟我來。」阿扭說。他走進一條又黑又長的通道、穿越了一扇門。他走過門後方的一間房間，來到了另一間房間。這個房間的門被鎖住了，還上了門栓。他打開鎖。

奇奇就在房間裡，悲慘的坐在許願椅上。他一看到門外的人就興高采烈的跳了起來。茉莉跑過去，環抱住奇奇。

「奇奇！你沒事！喔，奇奇，我們來救你了！」

彼得拍了拍奇奇的背，眨眨激動的揮舞雙手，大叫著：「奇奇，親愛的奇奇！」

就在他們重逢的時候，門口傳來關門和上鎖的聲音。他們聽到阿扭大聲笑了起來。

「太容易了！比我想像的還要容易！現在你逃不掉了，咒語先生，就算你的力量再強大也沒有用。這扇門被施展了『緊緊關閉咒語』，是我在多年前向一名老女巫買的，而且這扇門是唯一的出路！想要我放你出去，就先把幾個我一直很想要的咒語給我。」

「阿扭，你永遠也無法從我手上拿到這些咒語。」咒語先生說。「永遠！」

「咒語先生！你可以讓我們逃出這裡的，對不對？」茉莉請求。

「噓！別緊張。」咒語先生說。「現在，我要對所有人施展一個咒語，還有許願椅也是。好了，我的粉筆在哪裡呢？」

他在口袋裡找到了一支白色粉筆，又找到一支藍色粉筆。他先畫了一個白色的圈，接著又在白圈裡畫了一個藍色的圈。他要兩個孩子、奇奇和眨眨都到圈圈裡面坐好。

接著，他自己也走進圈圈裡，坐在許願椅上。

「等一下，我會說出有著強大魔法的字眼。」他說。「請你們閉上眼睛，無論發生什麼事都不需要感到驚訝！」

21 刺激的時刻

兩個孩子、奇奇和眨眨都閉上眼睛了。咒語先生開始用氣音喃喃唸出幾個魔法字眼。接著，他又大聲喊了幾個魔法字眼，最後，他突然用最大的音量大聲喊出三個魔法字眼，每個人都嚇得跳了起來。

四周一片安靜。然後，咒語先生用平穩的聲音開口說話了：「你們可以睜開眼睛了，咒語完成了。」

他們睜開眼睛，驚奇的看著周圍。他們現在站在一間巨大無比的房間裡，他們這輩子從沒見過這麼大的房間。地板從他們的腳底下一直延伸到無止境的遠方。牆壁距離他們似乎有好幾英里遠。不遠處，有一根粗大的木頭柱子，或者是長得像木頭柱子的東西。天花板似乎消失了，又或者是因為距離太遠，所以看不到天花板。不過，顯然他們頭頂上並不是天空，或許天花板依然存在！

「那根龐大的木頭柱子是什麼？」彼得驚奇的問。「它本來不在這裡。」

「那是桌腳。」咒語先生的回答讓彼得覺得很驚訝。

「什麼意思？」彼得說。「那根柱子那麼大，不可能是桌腳。你看，我說的木頭柱子是那個，就在那裡。還有，剛剛的粉筆圈跑去哪裡了？」

「我們現在還站在粉筆圈裡面呀。」咒語先生笑了起來。「看來，你還不知道剛剛發生了什麼事吧？」

「不知道。」彼得說。「我覺得很有趣，你知道的。但是，我們現在跑到一個完全不一樣的地方了，我不知道剛剛發生了什麼事。」

「我知道。」奇奇說。「咒語先生，你施展了一個強大的變小魔咒，對嗎？天啊，我真害怕你沒有及時停下咒語，以為我們會一直縮小縮小，直到消失不見。我們現在有多小呢？」

「比老鼠還要小。」咒語先生說。「我希望能夠小到足以從門縫底下鑽出去。」

「你真是太聰明了！」茉莉快樂的說。「我知道發生什麼事了！我知道為什麼天花板好像這麼遠、桌腳好像一根巨大的柱子了！也知道為什麼我們看不到粉筆圈圈了！我們現在還要走很遠很遠，才能看到粉筆圈！」

「沒有錯。」咒語先生說。「我想，我們最好現在就開始行動，以免巨人回來之後猜到我施展了什麼魔法。我很高興咒語運作得這麼好，有時候這種強大的咒語會發出很吵的聲響，我還聽說有的咒語會把閃電引來圈圈周圍。」

「天啊！」彼得說。「真希望剛剛有閃電。要是能擁有小型暴風雨，一定會很有趣！」

「現在的重點是——往哪個方向走才會走到門口？」奇奇說。「我們現在太小，房間變得太大，有門的那面牆現在距離我們好遠好遠。我們最好立刻沿著牆壁走，直到找到門為止！」

但是咒語先生知道門在哪裡。他搬起也變小了的許願椅，帶他們在地板上走了好遠好遠，最後終於抵達門邊。當他們靠近巨大的門時，一陣風吹了過來。

「那是從門縫底下吹進來的風。」咒語先生解釋。「好了，我會先從下面鑽過去，看看外面安不安全。你們先準備好，聽到我叫你們的時候，就跟過來。」

他彎著腰，鑽進門縫中。他們很快就聽到了他的聲音。「好了！過來吧，外面很安全。」

他們一個接著一個鑽過門縫，接著發現自己已經走到房間外面了。不過，當然啦，現在外面看起來就像一個又黑又廣大的空間。

「是不是應該讓我們恢復正常大小呢？還是讓大家繼續保持縮小的狀態？」咒語先生思考著。「考慮到目前的狀況，我想，應該保持縮小的狀態。」

咒語先生帶著他們穿越房間、沿著通道走。他讓每個人都貼著牆腳行動。這麼做真是對極了，因為快抵達轉角時，他們聽見了巨大的腳步聲，連地板都被踩得不斷震動——巨人要走到通道這裡來了！

眨眼之間，咒語先生就把他們全都拉到牆腳的一個老鼠洞裡面。不過，對孩子們來說，老鼠洞現在跟洞穴一樣大！他們躲在洞裡，直到打雷一般的腳步聲逐漸離開。接著，他們用最快的速度跑出來。

「如果可以，我想要先找到前門。」咒語先生說。「我們可以直接從門縫下面鑽出去。前門一定就在這個通道的盡頭。」

但是，還沒走到通道盡頭，所有人就聽到一陣巨響，他們全都嚇得跳了起來。

「碰、碰、啪、叩、叩、叩！」

「那是什麼聲音？」茉莉抓住咒語先生喊著。「那到底是什麼？」

咒語先生笑了起來。「我想，我猜到那是什麼了。」他說。「是奇奇的表親自己睡。他不想在城堡外面等了，他正在敲門，想知道現在的狀況！喔天啊——我不知道之後會發生什麼事了！」

發生的事可多了。門環大力敲響大門時，城堡裡面傳來一陣應答的吼叫，巨人阿扭憤怒的跨著沉重腳步、穿越走道。

「是誰這麼粗魯的敲門？怎麼膽敢發出這種噪音！」

他用力打開門，一陣風立刻吹進了走道裡，差點把五個小人都吹得跌倒了。自己睡就站在外面，他的體型比巨人小得多，但是對於縮小的孩子們來說，自己睡看起來就像巨人！

「快！」咒語先生說。「他們開始吵架了！我們可以趁機從門口逃出去。但是，記得遠離他們的腳邊。我們太小了，沒有人會注意到我們的。」

兩個孩子、奇奇和眨眨一起跑出門，一路上都盡量靠邊走。但是，在抵達外面的台階時，他們沒辦法繼續往前走了，因為台階的高度對他們來說就像懸崖！

「我現在要冒一點險，把我們變回原本大小。」咒語先生說。「否則，我們只能站在最上面的台階，遲早會被人踩到。請你們閉上眼睛、手牽著手，盡量靠在一起。我沒有時間畫粉筆圈了，所以咒語的速度會非常快。一變回正常大小，就馬上用最快的速度跑下階梯、跑到那棵樹下。我會帶著許願椅過去。一到那裡，我們就馬上飛走！」

「那自己睡要怎麼辦呢？」奇奇說。「我們答應要把城堡給他的。」

「他會得到城堡的。」咒語先生笑著說。「自己睡比我原以為的還要勇敢！好了——請閉上眼睛，牽起你們的手。」

他們全都照著做。咒語先生說出能夠取消變小魔咒的魔法字眼，讓他們再次變回原本的大小。正如他剛剛所說，變化發生得非常突然，他們五個人都因此倒抽了一口氣，覺得頭暈眼花、統統倒在地上。

「快！快起來！他看到我們了！」咒語先生大喊。他抓起變回正常大小的許願椅、跑下階梯，其他人則跟在後面。

在他們變大之前，自己睡和巨人正大打出手。巨人比自己睡還要強壯、高大，但是奇奇的表親一直靈活的又打又戳，惹得巨人氣急敗壞。

巨人狠狠一拳打向自己睡，自己睡立刻躲開，但是巨人的拳頭還是擦到了自己睡的頭頂，自己睡差點就跌倒了。他原本以為會就此慘敗，但就在這一刻，巨人看到他那五個囚犯正衝下台階！

他震驚到了極點了，把自己睡也忘記了，只是呆呆的站在原地，眼睛瞪得又大又圓。

接著，他大吼一聲，向他們追去。「你們是怎麼逃出來的？」他咆哮。「給我回來，否則我要把你們全都扔到月球上！」

咒語先生放下許願椅、迅速坐上椅子，把彼得和茉莉拉到膝蓋上，貶和奇奇則坐在椅背。

「許願椅，回家。」咒語先生命令，許願椅立刻服從命令，升上了天空。

巨人伸手想要抓住許願椅，但是許願椅躲開了，接著咒語先生敏捷的打了一下巨人伸出來的那隻手，讓巨人發出一聲尖叫。

「再見啦！」奇奇揮著手大喊。

這個時候，自己睡又做了什麼事呢？他做的事可多了！在巨人衝去追其他人的時候，他站在原地觀察了一下子。接著，他露出微笑、蹦蹦跳跳的進了漫步城堡，靜悄悄的把門關上。

等到巨人阿扭回過頭來，想要回到門口繼續和自己睡打架時，城堡已經不見了，漫步城堡再次出發去漫步了！

「喔天啊——真希望我能留在那裡，看巨人尋找城堡的樣子。」茉莉說。「他一定非常震驚！他的囚犯全都逃跑了、許願椅也飛走了，而且城堡在自己睡的命令下漫步進了森林裡。奇奇，你的表親應該很興奮能有這麼棒的地方可以睡覺吧？」

許願椅沒有回去遊戲室，它飛到了咒語女士的房間。

見到咒語女士後，他們把今天遭遇的不可思議冒險，全都告訴她。讓他們驚訝的是，煤灰已經在咒語女士家裡了。咒語女士說，煤灰剛剛烤了一些可口的水果麵包。他真是一隻不尋常的貓。

茉莉從能夠看到海的那扇窗戶望出去。「喔，看啊！」她大喊，「是我們的船！是茉莉號！我還有點擔心它呢。咒語先生，它回來了。」

「是煤灰帶它回來的。」咒語先生說。「他知道我們不會再用到這艘船了。」

「這真是一場大冒險。」茉莉說。「你知道的，有好幾次我都很害怕，但是不知道為什麼，我就是知道『只要跟著咒語先生，就能順利解決所有問題』。咒語先生，謝謝你，你對我們真好。」

「這是我的榮幸。」妖術師說。「現在，你們該回家了。」

兩個孩子走向後院的許願椅，和眨眨、奇奇一起爬上椅子。

「許願椅，帶我們回家！」彼得大喊。椅子升上空中，拍動它的大翅膀。不到五分鐘，他們就再次回到了遊戲室裡。

22 消失的眨眨和奇奇

許願椅似乎被這幾次的冒險累壞了，它待在自己的位置，整整十天都沒有長出翅膀。

「距離回學校的日子，只剩下一個星期又兩天了。」茉莉說，她有點憂愁。「奇奇，真希望在向你道別之前，能再次去冒險。眨眨去哪裡了？」

「我也不知道。他昨天晚上還在這裡，一副很神祕的樣子。」奇奇說。「妳知道的，就是他打算做壞事的樣子。希望他不要惹上什麼麻煩。」

「你知道，上次冒險時，他弄丟了我的娃娃手套嗎？他說他把手套掉到海裡了。」茉莉說。「現在，他的手又露在外面了——可怕的藍色！」

「我知道。他弄丟的東西多到數不清！」奇奇說。「前幾天，他進來的時候沒有穿鞋，他說他把鞋子弄丟了。我說：『好吧，眨眨，你是在哪裡把鞋子脫掉的？』他說他沒有把鞋子脫掉就弄丟了。哪有這種人呀？」

「噓！他來了！」茉莉說。「喔，眨眨！你的手不是藍色的了，它們恢復正常的顏色！你怎麼辦到的？」

「啊哈哈哈！」眨眨說。「這是祕密。」

「什麼祕密？」奇奇立刻問。

「啊，要是說出來，就不是祕密了。」眨眨露出了惹人厭的樣子。

「你是不是去見咒語先生了？」茉莉問。

「不是。我是去見溫德女巫。」眨眨說。「我借了她的魔杖，那根魔杖裡面有非常棒的魔法。」

「你是說，溫德女巫把她的魔杖借給你了？」奇奇懷疑的說。「你上個星期才告訴我，你把溫德女巫的煙囪帽倒過來，害得煙吹進了她家廚房裡。我才不相信你！」

「不相信是吧，你看，魔杖不就在這裡嗎？」眨眨突然從口袋裡拿出了一支魔杖。那支魔杖小而輕巧，不像奇奇的魔杖又細又長。眨眨揮了揮魔杖。

茉莉和彼得訝異的盯著他看，奇奇警戒的跳了起來。

「眨眨！你沒有經過她的同意，就把魔杖拿走了嗎？你一定這麼做了，溫德女巫絕不會把魔杖借給你！天啊，你看，魔杖裡充滿了魔法！」

魔杖裡的確充滿了魔法，所有魔杖都會在充滿魔法時，變得閃閃發光、晶晶亮亮的。現在，這支魔杖正散發出耀眼的光芒。

「我只是借走一下下而已。」眨眨說。「女巫去找她姊姊了，她不會發現魔杖不見了。我很快就會把魔杖還回去啦，我希望我的手能變回原來的顏色──正常的手比較討人喜歡嘛！」

「你真的是非常壞、非常頑皮的棕精靈。」奇奇說。「你應該要回去嚴厲先生的學校裡。小心我把你送回去喔！」

「不准這樣跟我說話，我可是會發脾氣的。」眨眨氣惱的說，他用魔杖戳了戳奇奇。

「夠了。」奇奇說。「絕不可以拿魔杖戳人。你應該很清楚這個規矩吧？你知道自己該怎麼做嗎？我告訴你，你最好把魔杖還給溫德女巫，立刻就去！」

「奇奇，我不喜歡你。」眨眨說，他露出憤怒的表情。「我要叫瑪格米來追你！」

他向空中揮動魔杖。媽媽咪呀，從門口跑進來的奇妙生物到底是什麼東西？牠看起來像是小型的長頸鹿，但身上長了羽毛，而且四隻腳上都穿著鞋子。牠追在奇奇身後，繞著房間飛奔，兩個孩子躲進了櫥櫃裡。如果說，這隻生物就是瑪格米的話，他們可不喜歡牠。眨眨坐在沙發上，一邊大喊一邊大笑。奇奇氣壞了。

他衝到玩具櫃前，摸出他的魔杖。他把魔杖往空氣中一揮。「瑪格米，變成斯克魯，去追眨眨！」他大喊，原本像小型長頸鹿的生物，立刻變成像是長了角的小鱷魚。牠跑向眨眨，眨眨則快速的跳下沙發。

眨眨對斯克魯揮舞魔杖，斯克魯就跑進了火爐裡、消失不見了。眨眨用魔杖指著奇奇。

「討厭的奇奇！長出長鼻子！」

可憐的奇奇長出了長鼻子，鼻子實在太長了，奇奇差點就要面朝下跌倒了！眨眨拉了拉奇奇的長鼻子。

奇奇將魔杖用力揮向眨眨。「長出一條尾巴！」他大吼。

然後，說變就變！眨眨長出了一條尾巴，看起來像是牛的尾巴，尖端有一簇毛。尾巴不斷前後搖晃，眨眨緊張的低頭看向尾巴。他奔跑著，想要逃離不斷搖晃的尾巴，但是，你當然沒辦法逃離長在自己身上的尾巴，因此尾巴一直跟在他後面，不斷前後搖晃。

「哈哈！」奇奇說。「長了尾巴的棕精靈！」

眨眨大哭了起來。他拿起剛剛弄掉的魔杖，和奇奇同時揮向對方。

「我要把你變成一陣煙霧！」眨眨喊叫。

「我要把你變成一股可怕的氣味！」奇奇吼著。

接著，他們兩個人都消失不見了！茉莉和彼得絕望的看著這一幕：一小股綠色的煙穿越房間，消失在門外；一陣可怕的味道在房間裡停留了幾分鐘，然後也飄走了。

茉莉痛哭失聲。「怎麼會發生這種事！」她哭著說。「我們同時失去了奇奇和眨眨。」

彼得看著地上的兩支魔杖。他撿起奇奇的魔杖，放進玩具櫃裡。接著，他撿起眨眨從溫德女巫那裡拿走的魔杖、仔細觀察。茉莉尖叫了一聲。

「彼得，不要使用那支魔杖！千萬不要！」

「我沒有打算使用它。」彼得說。「我只是在思考該怎麼辦。這是個很嚴肅的問題。我覺得，我們應該把這支魔杖還給溫德女巫。」

「噢，那我們趕快把它還回去吧。」茉莉說。「說不定，我們把魔杖還回去之後，她會願意告訴我們該怎麼找回奇奇和眨眨。我們要怎麼知道溫德女巫家在哪裡呢？」

「我們可以去問咒語先生。」彼得話還沒說完，就突然開心的閉上嘴巴。他指了指茉莉的身後。

她轉過頭，發現許願椅再次長出了翅膀！四隻椅腳上的突起長出了羽毛，沒過多久，輕輕拍動的黃綠色大翅膀就出現了。

「喔！真是太幸運了！」茉莉大喊。「現在，我們可以坐上許願椅，告訴它我們要去溫德女巫家！」

彼得坐到椅子上，拉著茉莉坐到他旁邊，手上則拿著女巫的魔杖。

「許願椅，我們想去溫德女巫家。」他說。「立刻出發！」

許願椅升到空中、穿過大門，飛到滿是雲朵的天空上。它在雲朵間找到了一個空隙，立刻穿越雲層，讓孩子們能享受雲層上方的陽光。

他們飛了很長一段距離，然後茉莉驚喜的大呼一聲，手一指。「你看！那是什麼？雲朵裡面有一座城堡！」

兩個孩子都盯著那座城堡看。這的確是令人驚訝的景象，一朵巨大的紫雲逐漸逼近，雲朵看起來厚重又陰暗。雲朵上面有一座看起來和城堡一模一樣的建築，有高塔也有角樓。許願椅直直的往那朵雲飛去，然後停了下來。它在雲朵上面來回飛舞，這讓兩個孩子沒辦法下來。

「許願椅，飛低一點！」彼得喊著。但是許願椅沒有下降。這時，城堡上的一扇窗戶中，冒出了一顆頭。

「等等！我拿踏雲板給你們穿上！沒有踏雲板的話，一踩到雲上面就會掉下去。」

那顆頭又消失了。接著，溫德女巫從城堡中走了出來，她的尖頂帽最上方，有一顆亮眼的星星正在發光。她拿來的鞋子長得像是踏雪板，又大又平，要綁在腳上。

「這就是踏雲板！」她說。「綁在腳上之後，就可以輕輕鬆鬆的在雲上面行走了。這就是為什麼許願椅一直不降落，它知道你們沒有踏雲板就踩到雲上，是很危險的事。」

「喔，謝謝妳。」茉莉說。她好喜歡溫德女巫，因為她臉上的微笑，還有亮晶晶的眼睛。兩個孩子穿上踏雲板，接著踩到雲朵上。啊，他們適應得很好，感覺就像是踩在非常、非常鬆軟的雪地上。

「妳家真是奇妙，居然建在這麼高的雲上面。」彼得說。

「喔，很多人都會在雲朵上面蓋房子哦。」女巫說。「你有聽過『空中樓閣』嗎？眼前這個就是了。這些房子沒辦法維持太久，但是住起來非常舒適。我的這棟房子已經住了兩個月了。」

溫德女巫帶著兩個孩子走進奇妙的城堡裡。「我們來這裡，是為了把魔杖還給妳。」彼得說。「我必須告訴妳今天發生了什麼事。」

他一邊說，女巫一邊靜靜的聽。「眨眨真是太惹人厭了！」她說。

「他應該永遠待在嚴厲先生的學校。」

「現在，奇奇和眨眨都不見了，我們該怎麼辦？」茉莉說，「他們變成了一陣煙和一股臭味，他們會去哪裡呢？」

「他們會去咒語國。」女巫說。「我們可以坐許願椅過去。走吧！」

23 咒語國的神奇咒語

溫德女巫帶他們走回剛剛降落的地方，許願椅耐心的在雲朵邊緣等待，翅膀正輕輕拍動著。

「你們的許願椅真棒。」她說。「真希望我也有一張這樣的椅子！」他們全都坐到許願椅上。「去咒語國！」女巫下令，許願椅立刻升到空中、離開雲朵和奇妙的空中城堡，穩定的向北方飛去。

「真高興能拿回我的魔杖。」溫德女巫說。「幸好他拿的是我第三好的魔杖。要是眨眨拿到的是最好的那支魔杖，在碰到魔杖的瞬間，他就會被魔杖裡太過強大的魔法吸乾。」

茉莉和彼得立刻下定決心，他們永遠不會去碰任何一支屬於女巫或者巫師的魔杖。天啊！幸好這支魔杖是第三好的魔杖，而不是最好的那支！

許願椅飛了好一陣子，一路上，女巫一一指出他們經過了哪些有趣的地方——愚笨村、不好國、再試一次國，還有好多好多孩子們從來沒聽過的地方。他們興致勃勃的盯著下方。

「咒語國是什麼樣子？」茉莉問。

「那裡非常奇怪，真的很奇怪。」女巫說。「各式各樣的咒語都會在那裡到處亂跑，有時候還會被咒語撞到——隱形咒語會讓妳隱形、長高咒語會讓妳長高、大笑咒語會讓妳大笑……只要咒語一碰到妳，妳就會被咒語影響。」

「喔天啊。」茉莉緊張的說。「我一聽就不喜歡那個地方。」

「不需要擔心。」溫德女巫說。「只有咒語撞到妳身上時，才會被影響，當咒語飄走了，就會恢復正常。我們要在那裡尋找一陣煙和一股臭味，找到這兩種東西，就代表我們找到眨眨和奇奇了。我會盡力把他們變回原本的樣子。」

許願椅迅速的向下飛，降落在一個非常怪異的地方。這裡充滿了藍綠色的煙霧，時時刻刻都有奇怪的聲音——轟隆聲、音樂聲、鈴鐺聲還有大風呼嘯的聲音。

他們跳下許願椅。「把手牽起來。」女巫說。「你們千萬不能分散。只要跟著我，就不用擔心，因為我是所有咒語的主人。但是，千萬不要鬆開手，否則可能會被變成白蝴蝶或藍甲蟲，到時候會很難認出你們。」

茉莉和彼得緊緊牽著手，接著茉莉又握住了女巫的手。然後，他們遇到了各種稀奇古怪的事。

一串黃色的小泡泡撞到茉莉身上，彼得緊張兮兮的看著茉莉的脖子越長越長，幾乎變得像樹一樣高！茉莉也非常緊張。

「沒關係。」溫德女巫說。「只要這串泡泡離開，魔法就會消失了。」

她說得沒錯。泡泡飛往另一個方向之後，茉莉的脖子立刻恢復正常的長短！「茉莉，妳剛剛看起來好怪喔。」彼得說。「別再變成那樣了！」

看著咒語四處亂飄真是一件怪事。茉莉開始小心的觀察四周，設法躲開咒語。她躲開了一陣銀色煙霧後，煙霧繞到了溫德女巫身上，她立刻就消失不見了。

「她怎麼不見了？」彼得害怕的大喊。

「我還牽著她的手。」茉莉說。「應該是隱形了，她還在這裡。」

「沒錯，我還在這裡。」女巫的聲音說。銀色的煙霧一離開，她就再次出現了。她低頭對孩子們微笑。「我剛剛沒注意到那串咒語飄過來，不然我就會躲開。」她說。「喔天啊——有個煩人的咒語飄過來了！」

一陣像是白色雪花的東西飄了過來，降落在他們身上。女巫變成了一隻大白熊，彼得變成了一隻白山羊，茉莉變成了一隻白貓！咒語維持了兩分鐘，變回來之後，他們都很高興能恢復原本的樣子。

他們在這個充滿霧氣的奇異國度中四處漫步、傾聽四周的怪異聲音、不斷閃躲每一個靠過來的咒語。女巫伸出手，抓住了一個在空中飄浮的小咒語，這個咒語看起來像是一朵小白花。

「我一直很想要這個咒語。」她對孩子們說。「這個咒語很棒！把它放在嬰兒的枕頭底下，可以讓嬰兒長得像花一樣美麗。」

這時候，彼得突然停下腳步、嗅了嗅。「噗！聞起來像是臭掉的魚！」他說。「我很確定這一定就是眨眨。溫德女巫，妳能聞到這陣臭味嗎？」

「自然可以。」女巫說。她從口袋拿出一個小瓶子、拔開瓶塞。

「臭臭的味道快過來，
進到這個瓶子裡面來！」

她唱著。兩個孩子看到一陣淺紫色的條紋狀煙霧流進瓶子裡。女巫把瓶塞塞回去。

「好啦，我們找回眨眨了。」她說。「現在輪到奇奇了。你們看——那裡有一陣綠色的煙，那會不會是奇奇？」

「就是它！」彼得說。「我很確定那就是奇奇。他和眨眨一定會待在一起。」

女巫從不斷飄動的長斗篷下拿出一個小鼓風箱，對準了一直在附近飄來飄去的綠煙。她拉開鼓風箱，將綠煙吸進裡面，接著把鼓風箱再次掛回腰間的皮帶上。

「現在，我們也找回奇奇了。」她說。「太好了！我們最好馬上回家，看看要怎麼處理他們。把人變成臭味和綠煙是很容易的事，任何魔法初學者都可以辦到。但是，要把他們變回原本的樣子，就只有強大的女巫或者巫師才能做到。」

走回去找許願椅的路上，每隔一陣子，就會撞上奇怪的咒語。茉莉撞到了一個太大咒語，立刻變得比女巫和彼得還要大得多。但是她幾乎立刻就變回了原本的大小。

女巫撞上了一串藍色的泡泡，泡泡立刻就破了。兩個孩子看向她時，發現她變成了一個美麗的年輕女孩，這讓他們非常驚訝。但是很快的，她就變回年老的樣子了。

「那真是個好咒語。」她嘆息著說。「可以的話，我真想抓住這個咒語帶回去。啊，那是許願椅嗎？」

「沒錯！但是只有一半！」茉莉驚訝的說。「喔，我知道了——它剛剛碰到隱形咒語，現在正恢復原本的樣子。」

他們坐回許願椅上。「去孩子們的遊戲室。」女巫下令。「要快點！鼓風箱裡的那陣煙一直想要逃出來。要是奇奇在半路跑出來，飄進風裡面，我們就會永遠失去他了。」

「喔天啊！」茉莉說。「許願椅，一定要快一點！」

許願椅的速度變得飛快，害得女巫的帽子被風吹走了，許願椅只好又回去找回帽子。最後，他們終於往遊戲室下降、飛進門裡。感謝老天！

女巫小心翼翼的從許願椅上下來、把鼓風箱從腰帶上解開。「這裡有沒有奇奇的衣服呢？」她問。茉莉從櫥櫃裡拿出奇奇第二好看的那套衣服。

「把衣服掛起來。」女巫說。「沒錯，就是這樣。好，看好了！」

茉莉把衣服掛起來、女巫拿起鼓風箱，把綠煙壓了出來。綠煙飄出來之後便填滿了衣服，使衣服漸漸膨脹，然後——簡直令人不敢相信！奇奇逐漸出現在衣服中，他慢慢長出了手臂、雙腳和頭。接著，他就穿著他第二好的那套衣服，站在兩個孩子面前，表情看起來很驚恐，想必是因為咒語國的怪異經歷讓他嚇壞了。

接著輪到眨眨了。女巫要了一個茶壺、打開蓋子。她拿出裝了臭味的瓶子、拔開瓶塞，把臭味倒進茶壺裡，接著蓋上蓋子。

她拿起茶壺，把茶壺裡的東西從壺嘴裡倒出來，同時一邊唱歌。

「茶壺、茶壺，聽我的命令，
有一隻棕精靈，非常的調皮，
他可沒有自以為的那麼聰明，

壞心又任性，眨眨快快現形！」

孩子們驚訝萬分的看著茶壺倒出了眨眨！一開始，他看起來像是水柱，接著逐漸變成了眨眨！

眨眨看到溫德女巫之後，滿臉通紅，立刻試圖躲到沙發後面去。女巫把他拉出來，說：「是誰偷了我的魔杖？是誰把奇奇變成了一陣煙？」

「呃，他也把我變成一陣臭味呀。」眨眨說，他開始到處聞了聞。

「但是，他至少是用自己的魔杖施法的。」女巫說。「眨眨，我要把你送回嚴厲先生的學校裡，你還有很多東西要學。」

眨眨發出響亮的哀號，讓茉莉覺得他很可憐。

「拜託，」她說，「可以讓他留下來一陣子，等我們回寄宿學校再讓他離開嗎？說不定，我們還能好好冒險一次。」

「沒問題。」溫德女巫說。「給你一個星期的時間，眨眨。不要一直聞來聞去，你的麻煩都是自找的。」

「溫德女巫，對不起。」眨眨哭喊著說。

「你的這聲對不起，只會持續到下一次犯錯之前，然後你就會再次出錯，接著又再度感到抱歉。」女巫說。「眨眨，我還不懂你嗎！孩子們，再見了。很高興能認識你們——對了，你們回學校的時候，我能不能偶爾借用一下許願椅呢？要是能乘坐許願椅去購物，那真是再好不過了。」

「喔，當然可以，請便。」茉莉立刻說。「就當作是妳幫助我們的報答吧。等我們回學校之後，妳要到奇奇媽媽家借許願椅，奇奇會把椅子放在那裡。」

「謝謝你們。」女巫說完，就離開了。

奇奇轉向眨眨。「我們做的事實在太蠢了。」他說。「眨眨，很抱歉我把你變成一陣臭味。去洗個澡吧，你聞起來有點可怕。」

他的確洗了澡，但是又過了兩、三天，他才恢復棕精靈正常的味道。現在你知道了吧，絕對不可以亂玩咒語喔！

24 驚訝島

「你知道嗎？」茉莉對奇奇說，「再過一天，我們就要回學校了。媽媽已經把我們的行李寄過去了。」

「喔天啊。」奇奇難過的說。「假期怎麼過得這麼快！真希望你們不用去學校。」

「嗯——我們很喜歡待在家裡，但是也很喜歡學校呀。」彼得說。「學校很好玩，你知道的，能跟一大堆同年齡的男孩與女孩相處，是很棒的事。真高興我們決定去上寄宿學校。不過，要跟媽媽、爸爸、你、花園、珍、許願椅還有一切的東西道別，當然也讓我覺得很遺憾。」

「我們一直沒有成功前往『天知道要去哪』。」茉莉說。「希望我們能在回學校前去一趟。」

「許願椅，希望你快點長出翅膀。」彼得說。他看著安靜待在原地的許願椅。「拜託你！」

然後，天啊，這是第一次，許願椅這麼聽話，它開始長出翅膀了！不幸的是，孩子們並沒有注意到許願椅正依照他們的吩咐長出翅膀，他們跑到花園裡玩耍了。

接著，許願椅從遊戲室的門口飛了出去，不斷拍動強而有力的翅膀！幸好奇奇看到了許願椅，否則天知道它會自己飛到哪裡去。

奇奇聽到翅膀拍動的聲音，於是抬頭往上看。椅子正飛越他的頭頂。奇奇大叫了一聲，茉莉和彼得都嚇得跳了起來。他們轉過身，正好看到奇奇往許願椅的方向奮力一跳，他牢牢捉住了許願椅的一隻椅腳。

「快來幫忙！快來幫忙！」奇奇對孩子們喊著。「過來幫我，不然許願椅就要拉著我飛走了。」

不過，許願椅最後還是降落到地板上，讓奇奇能好好坐在上面。茉莉和彼得也急忙跑過去。

「天啊！我們怎麼會在離開遊戲室的時候，忘記關門呢？」彼得說。「許願椅很可能會飛到任何地方去，再也不回來了。我們應該要養一隻狗專門來看著許願椅。」

「幸好我看到了。」奇奇說。「好了——現在我們要去『天知道要去哪』嗎？還是你們想要去別的地方呢？」

兩個孩子想不到任何想去的地方，便要求許願椅前往「天知道要去哪」。許願椅立刻往正確的方向出發。

這一天的天氣晴朗又溫暖，天空中幾乎一朵雲也沒有，兩個孩子和奇奇可以把地面上的狀況看得一清二楚。

「許願椅，飛低一點。」奇奇說。「我們想要仔細看看經過的地方。」於是許願椅服從命令，飛得更低一點，這時奇奇大喊了起來。

「你們看！是瞌瞌！那不是瞌瞌嗎？」

沒錯，正是瞌瞌。他也看到許願椅了，正在瘋狂的揮手。

「我們要帶他一起去嗎？」奇奇說。

「嗯——這是他最後一次機會，能跟我們一起冒險了。」茉莉說。「我們之前就說過了，要在他回去嚴厲先生的學校之前，再去冒險一次，我們應該帶他一起去。」

他們下令讓許願椅降落到地面去接瞌瞌。瞌瞌高興的不得了，立刻爬上了許願椅。「你們是特地來接我的嗎？」他說。「你們對我真好。」

「這個嘛，其實我們不是特地來接你的。」奇奇說。「許願椅突然長出翅膀、飛到花園裡，我在它飛走前剛好抓住它。會在這裡看到你，是因為運氣好。貶貶，你今天一定要乖乖的，請不要用愚蠢或者調皮的行為毀掉我們的最後一場冒險。我們要前往『天知道要去哪』。」

「那真是個蠢地方。」貶貶說。「我們為什麼不去比較刺激的地方呢？生日國、糖果國或者派對國……這類的地方。」

這時，他們飛過了一座巨大的藍色湖泊。湖泊中間有一座島，飛過島的上方時，遇到了一件讓人非常驚訝的事。他們聽到一聲巨響，煙火突然從島上衝出來，炸出五顏六色的星星，接著在許願椅周圍墜落。這個煙火非常嚇人、極度危險，差點就把孩子們嚇壞了。

「我的天啊！」茉莉說。「真是讓人驚訝！這是什麼島？」

「喔！」奇奇興奮的說，「這應該是驚訝島！對不對，貶貶？我覺得這裡很可能是驚訝島。」

「沒錯。」貶貶探頭往下看。「這就是驚訝島！小心，又有另一個煙火還是什麼東西飛過來了。老天——這些掉下來的星星真是美麗！」

「我們能不能下去這座島看看？」茉莉說。「奇奇，走嘛。」

「這個嘛。」奇奇說。「我要先提醒妳，能讓妳驚訝的，不一定都是好事。如果妳願意冒這個險，我們就可以下去。」

「我們當然要下去啊！」眨眨說。「許願椅，請立刻降落到這座島上。」

許願椅一邊降落，一邊躲避煙火。它降落在一片綠色草地中的道路上，但是草地卻立刻變成了水！許願椅差點就沉下去了，還好它及時向上飛，飛到了一座鋪滿石板的小庭院中。

「第一個讓人驚訝的事發生了。」奇奇笑著說。「你知道的，我們都要很小心。眨眨，你絕對不能在這座島上做出任何蠢事，否則你會被狠狠處罰的。」

「我們可以把許願椅丟在這裡嗎？」茉莉懷疑的問。「要是等我們回來，發現許願椅不見了，我們一定會嚇壞的。」許願椅發出吱嘎聲，向茉莉飛過去。

「它說，它不會丟下我們不管的！」奇奇笑著說。「真是明智的選擇。好啊，許願椅，你可以像狗狗一樣跟在我們後面，我們會很開心的。」許願椅就這麼跟在他後面了。

沒多久，他們就遇到了第一個超棒的驚喜。那是一張沐浴在陽光下的餐桌，桌上擺了一排空的小碟子和盤子。兩個孩子、奇奇和眨眨都停下腳步，看著餐桌。「這裡等一下是不是要辦派對？」彼得說。

這時，一隻小哥布靈出現了，他獨自坐到桌子前，急切的盯著面前的盤子和小碟子。接著，說變就變，盤子裡出現了一個巨大的巧克力布丁，小碟子上則出現了一大球冰淇淋。他開始大吃了起來，醜陋的小臉上掛著大大的微笑。

「喔——」眨眨立刻坐到桌前。其他人也跟著這麼做了，他們全都用力的盯著自己面前的小碟子和盤子。

茉莉的盤子上出現了一大堆香腸，小碟子上出現了炸洋蔥；彼得的盤子上出現了一塊好大的水果海綿蛋糕，小碟子上則有一罐奶霜；奇奇得到的是一盤草莓，小碟子裡則裝滿了糖和奶霜。

他們轉頭看向眨眨的盤子。這位調皮的小棕精靈當然又和平常一樣使出了詭計，他在自己面前放了兩個盤子和兩個小碟子！

但是，他似乎不太滿意呢！一個盤子上出現了一個看起來非常美味的派，但是當他切開派皮後，卻發現裡面一點餡料也沒有；另一個盤子上則出現了一塊巧克力蛋糕，但是正如我們所知，可憐的眨眨現在最不想吃這個東西了。眨眨的一個小碟子上出現了熱騰騰的甘藍菜，另一個小碟子上則是兩顆梅乾。他們笑得肚皮都快破了！

「沒有餡料的派、一塊他最恨的巧克力蛋糕、一碟甘藍菜、還有梅乾！喔，眨眨，這真是可怕到讓人驚訝。這就是你這麼貪心的後果！」奇奇大喊。

眨眨非常憤怒。其他人都在大口享受美食，他卻只能悶悶不樂的站在一旁。茉莉覺得他很可憐，於是給了他一根香腸。

接下來讓他們驚訝的事也非常棒。吃完飯後，他們突然聽到旁邊的轉角傳來響亮的音樂聲。他們立刻跑過去——是旋轉木馬！旋轉木馬就在轉角後面，上面掛了好多正在風中飄揚的旗子。而檯子上的動物，正歡樂的在音樂中轉了一圈又一圈，真是可愛！

「坐一次要多少錢？」奇奇一邊問，一邊摸著口袋。

「喔，不用錢！」管理旋轉木馬的妖精說。「這是給你們的驚喜。等它停下來的時候，你們就可以坐上去了。」

旋轉木馬停下來之後，兩個孩子發現上面有各式各樣的動物和鳥可以騎，每一個都會在旋轉的時候不斷上上下下。剛剛已經坐了一圈的棕精靈、哥布靈和妖精都下來了，兩個孩子、奇奇和眨眨跑上去，開始挑選自己要騎的動物。

「我要坐這匹小馬。」茉莉說。她最喜歡馬了，一直希望能擁有一匹屬於自己的馬。她爬上了一匹可愛的小黑馬。

「我要選駱駝。」彼得說。「牠的背上有兩個駝峰，我要坐在兩個駝峰中間！」

奇奇選擇了一隻像雪一樣白的海鷗，牠的翅膀會在旋轉的時候上下拍動；眨眨選了一隻大金魚，牠的魚鰭和尾巴正不斷擺動著，就像真的金魚。眨眨從旁邊的樹籬上折下一根小木棍。「這樣，我的魚才能在旋轉的時候游得更好。」他一邊爬上金魚，一邊對其他人說。

「這裡不准鞭打動物！」負責管理旋轉木馬的妖靈大喊。「喂、你！不准鞭打動物！」

旋轉木馬再次啟動了，歡樂的音樂大聲播放起來，所有的動物、魚和鳥，都開始一圈又一圈的旋轉、上上下下、拍動翅膀和魚鰭、點點頭又搖搖尾巴。大家都很興奮。

眨眨又不守規矩了，他開始用木棍鞭打金魚！「游快點！」他大喊。

接著，他嚇了一大跳。金魚突然擺脫旋轉木馬的底座、游到天上，然後不見了！旋轉木馬逐漸變慢，最後停了下來。負責管理旋轉木馬的妖靈看起來生氣極了。

「我說過不准鞭打動物，他卻鞭打了金魚。現在，我把金魚搞丟了，我的主人一定會對我非常生氣的。」

「喔天啊！」茉莉從小馬上跳下來。「我真的很抱歉。眨眨今天跟我們保證過他會很乖，你覺得金魚現在跑去哪裡了呢？」

這時，一旁突然傳來了一陣巨大的水花聲，接著又傳來一陣哀號。

「是眨眨。」彼得大喊，他立刻跑過去。「他遇到什麼事了？」

25 再次回家，再見了！

呼喊聲不斷傳來。「救命啊！我要淹死了！救命啊、救命啊、救命啊！」

兩個孩子和奇奇一起衝到轉角。他們的面前出現了一片深藍色的平靜大海，金魚正在海中游泳，看起來非常龐大。眨眨正在水裡不斷掙扎，濺起好多水花，每次他想要游走，金魚就會用鼻子撞他，把他撞到水裡。

旁邊有一群矮小的人正一邊大喊，一邊大笑。彼得跳進水裡，把眨眨拉了出來。金魚也從海裡游了出來、躺在沙灘上，牠看起來似乎一點也不介意離開水中，正如茉莉所說的，牠並不是一隻真正的活金魚，只是旋轉木馬上的金魚而已。

「眨眨，我們都覺得你的確有點可憐。」彼得說。「但是這次和以前一樣，這些麻煩都是你自找的。好了，現在你必須把金魚帶回去旋轉木馬那裡。」

金魚很大，但是並沒有很重，眨眨抱怨了幾聲，把金魚放到肩膀上。牠拍動自己的魚鰭，盡可能的增加眨眨搬運的困難，於是眨眨跌跌撞撞的扛著金魚走回了旋轉木馬旁。

但是旋轉木馬已經不見了、完完全全消失了。

「好啦。」眨眨立刻把金魚丟到地上。「我不想再扛著金魚亂跑了。」

但是其他人要他再次扛起金魚。「說不定，我們會遇到負責管理旋轉木馬的妖精。」彼得說。「到時候你就可以把金魚還給他了。弄丟金魚讓他很沮喪。」

所以，眨眨繼續扛著金魚跌跌撞撞的走著。但是正如彼得所說，他的麻煩都是自找的，他應該心甘情願的解決這些麻煩！

這裡的確是驚訝島，幾乎每個轉角都能遇見讓人驚訝的事！他們還遇到了一棵美妙的氣球樹，上面的花苞會脹大成氣球。一位棕精靈坐在樹下、手上拿著許多綁氣球的線。你可以選擇你想要的氣球，從樹上拆下來、用棕精靈手上的線綁住。他們立刻選擇了自己想要的氣球。

眨眨落後了，他們又走回去接他。他做了一件讓大家都很驚訝的事——他摘下了六顆最大的氣球，向棕精靈拿了好多線，把氣球全都綁在巨大的金魚上面。奇奇和孩子們再次回到氣球樹下時，他們看到眨眨放開了金魚，讓金魚隨著風飛走了——微風帶著氣球和金魚升到空中。

「喔，眨眨！」茉莉說。「看看你做的好事！」

眨眨笑容滿面。「這是我送給金魚的小驚喜。」他說。「謝天謝地，我終於擺脫那隻金魚了。」

好吧，遇到這種棕精靈，你還能怎麼辦呢？其他人絕望的放棄他了。他們再次出發，許願椅也緊緊跟在他們後面，好像有點害怕驚訝島。

在下一個轉角，他們又遇到了另一個驚喜。轉角後面有十幾輛小汽車，似乎都是由魔法發動的。「快來比賽啊、快來比賽啊！」一隻小哥布靈正在呼喚。「贏家可以選一個獎品帶回家！」

獎品和小汽車一樣讓人感到興奮，其中一個獎品是錢包，無論你掏了多少次，裡面的錢永遠拿不完；還有一個小時鐘，它不會在準點敲鐘，但會用甜美的聲音告訴你現在幾點了——「現在十二點！」還有一個茶壺，可以倒出任何你想喝的飲料。

「喔喔——我們快去比賽吧！」眨眨大喊，他跳上一輛漂亮的藍色汽車。「我想要獎品！」

每個人都選了一輛汽車。哥布靈讓他們排成一排，告訴他們怎麼開車。「只要用力按這些按鈕就好了，先踩這隻腳，再踩這隻腳。」他說。「好——準備好了嗎？一、二、三，出發！」

他們立刻出發。眨眨撞上奇奇，兩個人都翻車了；茉莉的腳從一個按鈕上滑開了，她的車停了好幾秒；但是彼得一路領先、贏得了比賽，其他人都快樂的拍手歡呼。

「請選擇你的獎品。」哥布靈說。彼得選了一個蓋著蓋子的小盤子。這是一個奇妙的盤子，每次打開蓋子，裡面就會有一些可口的食物——一根香腸、一條巧克力、一顆橘子或者一球冰淇淋……彼得覺得，他可以把盤子放在遊戲室裡，非常方便。

他們那天玩得很開心。有一次，他們遇到了一件令人驚訝，卻又讓人不開心的事。他們坐到幾張可愛的小搖椅上，打算休息一陣子。大家坐上椅子之後，搖椅立刻開始搖擺——搖椅搖得很大力，把每個人都搖到了地板上。

負責管理搖椅的哥布靈笑得眼淚都流出來了。「這種驚訝的感覺，一點也不好。」茱莉說。她站起身、追著逐漸飛走的氣球。「我敢說，雖然看起來很好玩，但是摔倒的人才不覺得好玩呢！」

他們不斷從剛剛贏得的盤子裡拿出可口的食物來吃，茱莉希望能吃到更多冰淇淋。接著，他們看到了一座很大的噴泉，噴泉上的水龍頭寫著「冰淇淋水龍頭，扭開然後說出口味。」茱莉驚喜極了。

茱莉立刻打開水龍頭。「巧克力冰淇淋。」她說。一股巧克力從水龍頭流出來，一流到甜筒上就凍結了。

「喔，看啊！」彼得大喊。他們走到了一小塊草地上，草地上有好多隻巨大的白天鵝，能背著人飛到天空上。

「我們要不要上去飛一趟？」彼得說。「要是我們坐在上面飛行，許願椅會不會嫉妒呢？」

「我覺得，最好有人留在地上陪許願椅，我們可以輪流坐到鳥背上飛。」茱莉說。「你知道的，以免許願椅一生氣就飛走了。」

因此，在其他人挑選天鵝、乘坐美麗的白色大鳥飛上天時，茱莉坐在許願椅上陪著它。

輪到眨眨坐在許願椅上陪它時，其他人都乘著天鵝飛上天了。眨眨想著，他可以命令許願椅去追天鵝，讓天鵝飛得更快！

許願椅飛上天空、追在天鵝後面，不斷用最嚇人的方式撞擊牠們的尾巴、發出吱嘎聲。其中一隻天鵝嚇了好大一跳，為了逃離許願椅，在轉彎時幾乎倒轉過來，騎在上面的人因此頭下腳上的掉了下來。

跌下來的是一位女巫！幸好，她隨身攜帶長柄掃把，在半空中坐到了掃把上。

她被眨眨氣壞了！大聲命令許願椅立刻降落到地板上，然後狠狠的責罵眨眨，眨眨嚇得想躲到許願椅下面。這時，茉莉、彼得和奇奇立刻飛下來，他們也因為眨眨的調皮行為感到非常生氣。

「哈，奇奇！」生氣的女巫說，「這位棕精靈是你的朋友嗎？他叫什麼名字？」

「他叫眨眨。」奇奇說。

「什麼！眨眨，就是把祖母的豬變成藍色的那位眨眨嗎？」女巫大喊。「我以為他被送到嚴厲先生的學校裡了。很好——看來，他現在應該回去那裡了。天鵝，過來！」

一隻白色的大天鵝降落到她身邊。女巫抓起眨眨，彷彿眨眨就像一根羽毛那樣輕，接著讓他穩穩坐在天鵝背上。

「好了，」她對天鵝說，「把眨眨帶到嚴厲先生的學校裡，把他送到嚴厲先生的面前。」

「喔不、喔不！」眨眨哭喊著。「茉莉、彼得，別讓她把我送走。」

「眨眨，你必須回去。」茉莉說。「你實在

太調皮了。你可以試著在這學期當個乖學生。或許下次放假時，就可以來找奇奇跟我們了。再見。」

「但是那裡沒有足夠的食物！我每次都不能吃午飯！」眨眨哭喊。

彼得不禁覺得他很可憐。「拿去，這個可口盤子給你。」他把可口盤子放到眨眨手中。「這麼一來，你就能有吃不完的可口食物了。」

眨眨立刻收起眼淚，笑了起來。「喔，謝謝你，彼得，這真是太棒了！現在我一點也不介意回去嚴厲先生的學校了！我以後一定會變得很乖很乖。下次放假見了。再見！」

他坐著天鵝、開開心心的抱著可口盤子，出發前往嚴厲先生專門開設給棕精靈的學校。

「他真的非常、非常調皮，我不得不承認，嚴厲先生的學校是他唯一該去的地方。」茉莉說。「但同時，我也非常喜歡他。」

「你們看，太陽下山了。」奇奇突然說。「我們必須離開了。他們說驚訝島總會在太陽下山的時候消失，我們可不能跟著這座島一起消失。快點！它開始消失了！」

驚訝島的確在消失中！一部分的島嶼逐漸變得霧濛濛，像夢一樣。兩個孩子和奇奇立刻跑向許願椅。「回家，許願椅。」茉莉說。「快點，否則我們全都要跟著驚訝島一起消失了。那位女巫已經消失了！」

他們回到了遊戲室。剛剛降落，就聽到媽媽搖響了睡覺鈴。

「喔天啊——這應該是這次假期的最後一場冒險了。」茉莉說。「奇奇，你會幫我們把許願椅帶到你媽媽家、好好保管，對嗎？你知道我們哪一天會從學校回來，到時候一定要回來這裡迎接我們喔！」

「在出發前往學校之前，我們會再偷偷溜過來跟你做最後一次道別。」彼得保證。「奇奇，我們走了之後，你不要太難過喔。你可不可以去學校探望貶貶一、兩次呢？坐許願椅過去，替他加油打氣。」

「我會先問過我媽媽同不同意我過去。」奇奇說。「你們知道的，她不喜歡貶貶。總之，有了可口盤子，他已經夠開心了。彼得，你真好心，願意把盤子給他。」

「再見了，許願椅。」茉莉拍了拍許願椅。「這次假期，你帶我們前往了好多好棒的冒險。下次假期，你還要帶我們去冒險喔，好嗎？」

許願椅發出響亮的吱嘎聲，好像也在道別一樣。睡覺鈴再次響起了，這次的鈴聲變得很不耐煩。

「我們必須走了！」茉莉說，她抱了抱奇奇。「能夠擁有許願椅跟認識你，真的很幸運，真的！真的！再見！」

再見了，茉莉、彼得、奇奇、眨眨和許願椅。希望很快能再次見到你們！

最後一場冒險即將展開，
茉莉、彼得、奇奇，還有許願椅，
又會遇到什麼樣的精彩冒險呢？

敬請期待【許願椅 3- 完結篇】！
《許願椅又逃跑了：
英國首相推薦．童年必讀枕邊書》

（2019 年 7 月上市）